Paul Katsitis

Mykonos Crime 16
SPIONE

AF186671

Paul Katsitis

Mykonos Crime 16

SPIONE

Bisher erschienen in dieser Reihe
(Deutsch/Griechisch)

Andere Mykonos-Bücher siehe Buchende

Impressum
Titelbild: istockphoto, Innenteil Shutterstock
Copyright Paul Katsitis 2020
ISBN 9783750434318
Herstellung und Verlag: BoD - Books on
Demand, Norderstedt

Jeder Band behandelt einen abgeschlossenen Fall, sodass die Bände nicht in der Reihenfolge gelesen werden müssen.

Alle Bücher der Serie wurden in Griechenland gesetzt. Da griechische Setzer keine deutschen Fehler erkennen können, finden sich in dem Buch sicher mehr Fehler als in einem normalen Buch. Aber so bleiben wenigstens ein paar Euro in Griechenland.

Passagen, die mit * markiert sind, werden im Anhang näher erklärt.

Angelos Nikakis, 30, war Hauptkommissar in Thessaloniki. Während eines Urlaubs auf Mykonos traf er

Alexandros Nikakis (früher Galis), 36, den leitenden Kommissar auf Mykonos.
Eine Woche nach ihrem Kennenlernen heirateten sie.
Ein Jahr später wurde Angelos Nikakis zum Bürgermeister gewählt. Der erste schwule Bürgermeister Griechenlands.
Alles lief perfekt – bis …

Khaled Al-Massawi, 25, zu einem Kurzurlaub auf Mykonos eintraf. Khaled war Kronprinz eines kleinen Emirats und verliebte sich unsterblich in Angelos, der plötzlich nicht mehr wusste, zu wem er gehört. Letztlich trennen sich Alex und Angelos – und Khaled und Angelos werden ein Paar.

Anmerkung

Wer als Urlauber meint, Mykonos wäre eine ruhige Insel, der täuscht sich. Nachstehende Nachricht vom September 2019 zeigt, dass die Anwesenheit von vielen (mitunter dubiosen) Reichen, die auf einer Partyinsel üblichen Drogengeschäfte und der Trubel das perfekte Umfeld für Kriminelle darstellen – und dies bei einer Polizeistärke von zehn Mann:

Mehr als 30 Jahre nach einer spektakulären Flugzeugentführung hat die griechische Polizei nach eigenen Angaben einen der mutmaßlichen Täter festgenommen. Für den Mann lägen zwei von Deutschland beantragte europäische Haftbefehle vor, teilten die griechischen Behörden am Samstag mit. Die Festnahme erfolgte demnach schon am Donnerstag auf der Insel Mykonos. Wen der Terrorist dort treffen wollte, ist bisher nicht bekannt.

Der Flug TWA 847 war im Juni 1985 mit 153 Passagieren und acht Besatzungsmitgliedern an Bord auf dem Weg von Athen nach Rom gekapert worden. Bei den beiden Entführern handelte es sich um Angehörige der Hisbollah. Am Ende starb ein Passagier.

1

Emre Ayhan stand auf der Dachterrasse des „Café Orient" im Istanbuler Stadtteil Galata und blickte dem Mann hinterher, mit dem er gerade ein halbstündiges Gespräch geführt hatte.

Der Mann lief dicht an der Hauswand und Ayhan musste sich über die Brüstung lehnen, um ihm folgen zu können.

Ayhan lächelte innerlich. Antrainiertes Verhalten eines Agenten, das man nie abschalten kann.

„Ich verstehe nicht, was er hier wollte", fragte Ayhans Stellvertreter Burak Demiral. „Nichts, was er uns präsentierte, war etwas Neues. Die Pläne der Amerikaner, die Kurden massiv aufzurüsten, wenn wir die jetzige Grenze des Korridors nach Süden überschreiten, sind uns bekannt. Und selbst wenn nicht, hätte er uns die Information über die normalen Quellen zukommen lassen können. Die Reise hätte er sich sparen können!"

Emre Ayhan, Chef des türkischen Geheimdienstes MIR, musste ihm zustimmen.

Darüber hinaus wirkte Victor Blochin mehr als nervös. Die Informationen rechtfertigten nun wirklich keine Aufregung. Es musste etwas anderes dahinterstecken. Aber ich habe keinerlei Ahnung, was es sein könnte. Das Verhältnis zu den Russen war zwiespältig. Einerseits halfen sie in Nord-Syrien, die Kurden faktisch zu vertreiben und im Gegenzug erwarb Ankara Dutzende von Raketensystemen. Dennoch musste man immer im Gedächtnis haben, dass Russland seit 300

Jahren den Zugang zum Schwarzen Meer kontrollieren wollte und in den letzten Jahren haben die U-Boot-Zwischenfälle im Marmara-Meer zugenommen. Man traute sich nicht.

Und der große Sultan in Ankara hatte seinen geistigen Zenit schon längst überschritten. Man wusste nach einer Besprechung nie, ob seine Meinung am nächsten Tag noch die gleiche sein würde. Also hatte es sich Ayhan zur Gewohnheit gemacht, die Gespräche aufzuzeichnen. Die Detektoren im lächerlich überdimensionierten Palast stammen von uns und Ayhan hatte die Anweisung erteilt, sie etwas zu modifizieren.

Nicht, dass der Sultan auf die Idee käme, sich meiner zu entledigen, dachte Ayhan.

Was zum Teufel will Blochin hier?

Den ganzen Weg von Moskau nach Istanbul wegen ein paar lächerlicher Papiere. Sicher, dass man sich in diesen Kreisen mitunter traf, um ein gewisses Vertrauen aufzubauen, war so unüblich nicht. Dennoch passt es nicht zum SWR*, dem russischen Auslandsgeheimdienst. Auslandsreisen höchster Offiziere waren mehr als nur selten.

Ayhan drehte sich um und wand sich an Demiral: „Viel seltsamer finde ich, dass er zu Fuß kommt. Kann sich die russische Residentur* keinen Wagen mehr leisten?"

Außer, sie wissen nichts von dem Besuch. Und ein Taxi meidet man besser auch, denn die haben meist Kameras im Inneren. Zumindest in Istanbul erhalten nur derartig aufgerüstete Taxis eine Lizenz.

Aber Blochin kam und ging zu Fuß und zeigte das typische Verhalten einer Person, die glaubt, verfolgt zu werden. Und er hatte ein wenig zu viel geschwitzt während des Treffens. Gut, ein Russe schwitzt überall, aber bei 13 Grad?

„Was machen wir, Chef?", fragte Demiral.

„Was wohl? Ihn beschatten. Und wehe, ihr vergeigt es!"

2

Und tatsächlich schwitzte Victor Blochin. Alles andere wäre auch nicht normal, denn ein Agent im Einsatz muss alle seine Sinne schärfen, sich anstrengen, sich entweder nicht zu schnell oder aber im Pfeiltempo fortzubewegen. Heute musste sich Blochin zwingen, möglichst normal zu laufen.

Denn sicher schaute ihm dieser Bastard Ayhan hinterher. Deswegen hatte er auch das Café mit Ausblick ausgewählt.

Blochin verachtete – wie die meisten Russen – alles Türkische. Sie waren der eigentliche Hauptfeind und das seit 300 Jahren. Außerdem stand ihr Gehabe in groteskem Gegensatz zur Größe ihres Landes. Russland hingegen! Aber weitere gedankliche Ausflüge gestatte sich Blochin nicht. Er musste zusehen, dass er unbemerkt diesen dreckigen Moloch Istanbul verlassen konnte. Alles war sorgfältig geplant und

das seit über einem Jahr. Anfangs war Blochin –
wie fast jedes Mitglied der Geheimdienste SWR
und FSB froh ob der Machtübernahme durch den
„neuen Zaren", weil er Russlands alte Größe
wiederherstellen wollte. Aber schon bald war
erkennbar, dass die neue Herrschaft tatsächlich
der des alten Zarenreichs glich. Eine kleine Clique
profitierte, der Rest darbte. Darüber konnten auch
die schönen Boutiquen und Hochhäuser nicht
hinwegtäuschen. Die Eroberung der Krim
erkannte Blochin als das, was es war: ein
Propaganda-Pflaster, das die normalen
Menschen von ihrer Misere ablenken sollte.

Und als Blochin bei der Beförderung übergangen
wurde, war das Maß voll. Er, einer der fähigsten
Hacker des Landes, bekam einen jungen Mann
vorgesetzt, der schon bei simplen Quellcodes ins
Strudeln kam, dessen Vater aber einer der
Freunde des Zaren war.
Nur ich hätte den Posten des Leiters verdient. Des
Büros für Digitalisierung im SWR. Und sie waren
erfolgreich. Viel mehr als die Amerikaner oder die
Chinesen. Während die noch im Internet surften,
saßen wir Russen schon in ihren Rechnern, dachte
Blochin lächelnd. Die Herren in Washington und
Langley dachten, sie hätten die geballte
Kompetenz im Silicon Valley versammelt und der
Rest der Welt arbeite noch mit Commodore-
Computern. Victor Blochin verachtete daher die
Amerikaner, dennoch hatte er erkannt, dass er in
Moskau am Ende der Leiter angelangt war. Sein
Alter, 45, lag im Bereich Informatik bereits über der
Vergreisungsgrenze. In Amerika würde es anders

sein. Dort würde man ihn brauchen, respektieren und gut bezahlen. So sehr er das neureiche Getue der Moskauer Oberschicht auch verachtete, der Grund hierfür war: er konnte sich ein derartiges Leben nicht leisten. Die erste Eigenschaft, mit der Gott den Menschen ausgestattet hatte: Neid.

Endlich erreicht er den Parkplatz des Lidl-Supermarktes am südlichen Stadtrand von Istanbul. Er tat so, als müsse er sich die Schnürsenkel binden und konnte so unauffällig nach einem etwaigen Semtex-Geschenk schauen, auch wenn es nicht sein konnte, denn noch galt er nicht als „desertiert".
Er startete den Motor.
Victor, nun startet die wichtigste Reise deines Lebens!
Er hatte den Parkplatz gewählt, da er nur 300 Meter entfernt von der nächsten Autobahnabfahrt lag. Er bog rechts ab und fuhr auf die O-5 auf.
Dann passierte er das Schild: Izmir 480 Kilometer.

3

Das Verfolgerfahrzeug hatte 50 km südlich von Istanbul auf ihn gewartet. Ayhan hatte zu Recht vermutet, dass jemand, der nach Süden läuft, dann auch nach Süden *fährt*. Und Izmir als Ziel schien logisch. Von dort waren es nur wenige Kilometer bis in den Westen, denn die ersten griechischen Inseln lagen nur wenige Hunderte Meter vor der türkischen Küste. Ein permanentes Ärgernis, das seit 1923 bestand. Im Vertrag von Lausanne wurde entschieden: das Festland kommt zur Türkei (vorher war es griechisch), dafür erhält Griechenland alle Inseln.* Blochin könnte also selbst hinüberschwimmen, was immer auch sein tatsächliches Ziel sein mochte. Natürlich könnte er auch ein Rendezvous mit einem russischen Schiff geplant haben. Weiteres Ziel: unbekannt. Ist er in einem Einsatz oder flüchtet er? Es war diese Frage, die Ayhan zögern ließ, Herrn Blochin zu einer kurzen Unterbrechung seiner Reise einzuladen. Im schlimmsten Falle könnte Moskau verstimmt sein und der Sultan würde einen seiner gefürchteten Wutanfälle bekommen.

Ayhan hatte einen brillanten Einfall. Er ließ seinen Stellvertreter zu sich ins Büro kommen.

„Burak, gut, dass Sie kommen. Ich glaube nicht, dass Blochin irgendetwas im Schilde führt. Also hängen wir das Ganze etwas tiefer. Die Begleitung soll an ihm dranbleiben, aber nicht eingreifen. Sie übernehmen und erstatten mir Bericht. Das wär´s!"

Burak Demiral trollte sich wieder, aber er kannte den Alten nur zu gut. Erwächst aus dem mysteriösen Vorgang ein veritables Desaster, so bleibt es an mir kleben und der feine Herr ist sauber raus, dachte Demiral.

4

Victor Blochin hatte alles sorgfältigst geplant und war daher im Vorteil gegenüber seinen Verfolgern, die nicht einmal wussten, warum sie dem Wagen folgten. Und sie waren sicher von einer Unterabteilung oder freie Mitarbeiter. Für eine professionelle Observierung hätte es eines gewissen Vorlaufes bedurft, aber die Mitteilung kam zu kurzfristig, um ein Profi-Team loszuschicken.

Und so dauerte es auch nicht lange, bis Blochin den unauffälligen Ford bemerkte. Die Herren begingen den ultimativen Fehler. Sie überholten zunächst, um zu sehen, ob das Zielobjekt auch im Wagen saß und ließen sich dann wieder zurückfallen. Welcher normale Autobahnbenutzer tut so etwas? Ist man schneller und überholt, ist man weg. Basta. Blochin lächelte. Idiotenpack.

Es mussten die Türken sein, so dilettantisch würde der SWR nie vorgehen. Nun, er hätte eine Überraschung für die Herren.

Kurz hinter Soma gab es einen Parkplatz.

Blochin blieb hinter einem LKW, scherte plötzlich links aus, gab Vollgas, am LKW vorbei, und scherte dann nicht nur wieder rechts ein, sondern wechselte auf die Einfahrtspur des Parkplatzes.

Der Fahrer des LKW musste abbremsen, sodass das Verfolgungsteam zu tun hatte, um nicht im Heck des Trucks zu landen. Auch der Ford scherte nun aus und passierte nicht nur den LKW, sondern auch den Parkplatz, ohne Blochin überhaupt bemerkt zu haben.

Groß war das Erstaunen, als sich vor dem LKW nur ein Volkswagen befand. Es dauerte eine Weile, bis die beiden Verfolger realisierten, dass irgendetwas passiert sein musste.

„Dreh um!", brüllte Emre.

„Natürlich! Auf der Autobahn!!", schrie Mehmet zurück.

„Dann auf den Standstreifen und rückwärts!"

Doch sie hatten kein Glück.

Ein Wagen der Autobahnpolizei näherte sich und die Beamten empfanden beim Anblick eines rückwärtsfahrenden Wagens das Bedürfnis, den Fahrer zu fragen, ob er noch ganz bei Trost sei.

Als Emre und Mehmet aussteigen mussten, fuhr ein schwarzes Motorrad an ihnen vorbei.

Und Emre hatte das Gefühl, der Fahrer hätte ihnen zugewinkt.

Ihr Chef, Ayhan, würde sie ins hinterste Anatolien versetzen. Aber woher hätten sie ahnen sollen, dass auf dem Parkplatz bei Soma ein Motorrad stehen würde. Klar war jedenfalls eines: Blochin wollte unter keinen Umständen Zeugen dabeihaben – was immer er auch tat.

Blochin musste lachen, als er die beträppelten Gesichter sah. Doch Vorsicht, ab jetzt würden es keine Amateure mehr sein, die ihm nachstellen würden, sondern Experten, die ihn nach Moskau oder ins Jenseits befördern würden. In spätestens zwölf Stunden würde in Moskau die Hölle los sein, wenn der MIT nicht schon vorher Alarm schlägt. Da sie aber nichts Konkretes in der Hand hatten, hielt Blochin dies für unwahrscheinlich.
Sich penibel an das Tempolimit haltend, näherte er sich Izmir, dem früher griechischen Smyrna. Er hatte sich stundenlang den Plan der Stadt eingeprägt. Altmodisch, aber ohne Spuren. Denn weder auf dem Computer noch auf seinem Handy sollte irgendetwas zu finden sein.
Als Schutz vor Leuten wie mir, dachte Blochin und grinste innerlich.
Erfreulicherweise liegt der Hafen Izmirs im Norden der Stadt, wo auch die O5 endet. Über die Liman Road fuhr er zum Hafeneingang und dann zu Pier zwölf.
Vor einem Schuppen in der zweiten Reihe hielt er an. Bodrum Exports. Er hupte nicht, sondern wartete. Nach nur wenigen Sekunden öffnete sich das Tor und Blochin fuhr in die Halle.

„Shalom", sagte der drahtige Mitdreißiger im T-Shirt.

Blochin mochte zwar keine Juden, aber eines musste man ihnen lassen: ihr Geheimdienst, der zwar überall als Mossad bezeichnet wird, in Wirklichkeit aber nur die Namen „der Dienst" oder „das Institut" trug, war gnadenlos effektiv. Und nicht infiltriert, was man von den anderen Geheimdiensten nicht behaupten konnte.

Blochin hatte darauf bestanden, dass die Israelis die Aktion leiten, ansonsten hätte er den Amerikanern abgesagt. Und bis hierher hatte alles wie am Schnürchen geklappt. Auch auf den weiteren Etappen sollte der Dienst federführend sein.

Blochin stieg aus dem Wagen.

Er lächelte und sagte:

„Ein One-way-Ticket nach Mykonos, bitte!"

5

Angelos und Khaled lagen am Pool ihres eigenen Hauses. Seit zwei Tagen nun wohnten sie in ihrem neuen Domizil, auf dem Berg über Ornos, mit einem fantastischen Blick über den Ort hinweg auf die offene Ägäis. Dreht man sich etwas nach rechts, hatte man freie Aussicht auf die innere Bucht, den Kite-Surfer-Strand und auf den Hafen.

Eine Toplage.

Und es war genau das, was Angelos eigentlich nicht wollte. Er und Khaled hatten vereinbart, ein „normales" Häuschen zu kaufen, auch wenn Angelos klar war, dass jemand, der sein Leben nur in Palästen und Resorts verbracht hatte, was man einem Kronprinzen schlecht vorhalten kann, eine gänzlich andere Vorstellung von einem „normalen Haus" hatte. Komplett unempfänglich für oberflächliche Dinge wie Luxus oder Geld, hatte Angelos aber eigesehen, dass er Khaled nicht überfordern durfte.

Er hat alles, wirklich alles, für mich aufgegeben: Familie, Titel und grenzenlosen Luxus. Und Khaled gab sich größte Mühe. Vor zwei Tagen versuchte er sogar, Angelos zum Frühstück Rührei zu präsentieren. Bürgermeister und Kommissar Angelos Nikakis hatte sich gefreut, auch wenn man die Eier als Frisbeescheibe hätte benutzen können. Die Geste zählte.

Der Umzug verlief unspektakulär. Ganze vier Kisten hatte Angelos bei seinem früheren Ehemann Alex abgeholt. Er wollte Alex ein leergeräumtes Haus ersparen. Alex litt ohnehin schon genug unter dem Umstand, dass sein Angelos nicht mehr da war. Außerdem hatte Khaled genug Geld, um das Haus einzurichten. Der jetzige Emir, sein Bruder Raschid, hatte ihm 50 Millionen überwiesen, unter der Bedingung, dass er nie mehr nach Fudscheirah zurückkehrt (das wollte er sowieso nicht) und sich in der Öffentlichkeit zurückhielt (das wiederum hatten Angelos und Khaled ohnehin vor).

Die beiden Herren wollten ihre Ruhe, nachdem sie wochenlang in den Schlagzeilen waren.

Angelos räkelte sich gerade, als es an der Tür klingelte.

„Wer zum Teufel stört uns denn jetzt wieder?", knurrte Angelos.

Es war Alex mit einer weiteren Kiste.

„Entschuldige, aber ich dachte, du brauchst noch einige Küchengeräte, nachdem seine Königliche Hoheit wohl Kochen lernen muss", sagte Alex grinsend.

„Seine Königliche Hoheit grillt dich als Erstes", sagte Khaled, der unbemerkt vom Balkon ins Haus gegangen war. „Hallo, Alex!"

„Entschuldige!"

„Gestern hat er selbständig Rührei gemacht", bemerkte Angelos.

„Essbar?"

„Sagen wir es so: es sah interessant aus", erwiderte Angelos.

„Macht euch nur über mich lustig. Woher soll ich es können?"

Angelos ging zu Khaled und küsste ihn.

„Schon in Ordnung. Dafür kannst du andere Dinge besser als ich!"

Khaled überlegte, was das wohl sein könnte, es fiel ihm aber nichts ein.

„Komm mit auf den Balkon, Alex", sagte Angelos.

„Das ist natürlich das Paradebeispiel für ein normales Haus. Ich meine, jeder fährt auf dieser Insel mit seinem SUV durch Küche und Wohnzimmer zum Balkon", stichelte Alex.

„Stänkern oder Espresso?", fragte Angelos.

„Letzteres bitte", nahm sich Alex etwas zurück.

„Ich frage nicht, was der Palast gekostet hat", rutschte ihm dennoch heraus.

„Er war ein Schnäppchen", antwortete Khaled.

„In der Lage mit einem Glas-Pool?"

„Gute Frage, Alex. Ich weiß es bisher auch nicht", sagte Angelos. „Also, Khaled?"

Khaled dreht den Kopf nach links und sagte: „So um die drei Millionen!"

Angelos lachte.

„Das Schöne an dir ist, dass du mir beim Lügen nicht in die Augen schauen kannst", sagte Angelos grinsend. „Du hast noch einen Versuch!"

Khaled drehte sich zu Angelos und meinte lapidar:

„8 Millionen. Gefällt es dir nicht? Dann verkaufe ich es sofort wieder!"

„Beruhige dich. Ich bräuchte es zwar nicht so groß, aber wer Kochen lernen muss, der braucht einen gewissen Ausgleich", erwiderte Angelos lachend.

„Wir bleiben hier?", fragte Khaled ungläubig.

„Aber natürlich. Du musstest von deinem bisherigen Leben so viel abgeben und ich ehrlich gesagt nichts. Du solltest dich mir anpassen und das ist nicht richtig", sagte Angelos.

Khaled strahlte. Nicht wegen des Hauses, sondern deswegen, weil Angelos es bemerkt hatte, wie sehr er sich angestrengt hatte, auf ein normales Leben umzuschalten.

„Da musst du dich daran gewöhnen, Khaled. Er macht leider fast immer alles richtig", sagte Alex. „Deswegen mögen ihn ja fast alle. Apropos: nicht nervös wegen der Wahl morgen? Nicht wegen des Ergebnisses. Das ist eh schon klar. Aber du musst bei der Verkündigung am Rathaus sein!"
Alex wusste um Angelos´ Abneigung gegenüber Massenaufläufen.

„Erinnere mich nicht daran", knurrte Angelos.
„Witzig fand ich das Plakat!", sagte Alex.
Das wiederum fand Angelos gar nicht. Sein einziger Gegenkandidat, Panourgias von der rechtsradikalen „Goldenen Morgenröte" hatte Plakate kleben lassen. Auf denen war auf Angelos´ Kopf ein Turban montiert und darunter stand: „Wir sind eine Demokratie und kein Emirat!" Eine Anspielung auf Angelos´ Spitznamen „Emir", der von seinem bestimmenden Regierungsstil herrührte und nichts mit Khaled zu tun hatte. Auch wenn die Rechten natürlich homophob und ausländerfeindlich sind – wie überall.
Am folgenden Tag war auf allen Plakaten der Text so zusammengestrichen worden, dass dort nur noch stand: „Wir sind ein Emirat". Hinzugefügt wurde: „Und das ist gut so!"
Die ganze Insel hatte gelacht. Wer hinter der Umgestaltung stand, wusste niemand. Angelos war es jedenfalls nicht. Er machte schlicht keinen Wahlkampf. „Wer meint, es sei gut gelaufen,

wählt mich ohnehin. Der Rest hat die letzten Jahre wohl verpasst."

 Was stimmte, denn Angelos hatte alles angepackt, was über Jahre liegengeblieben war, hatte die Hoteliers, die früher das Sagen hatten, das Fürchten gelehrt und so manche Fördergelder aus Athen ergattert, weil er mit dem Premierminister auf gutem Fuß stand. Oder besser gesagt: er hatte ihn am Wickel, weil er von einem dunklen Fleck in dessen Vorgeschichte wusste. Angelos erpresste den Regierungschef nicht, er wies nur immer darauf hin, „dass es sein könnte…"

„Schäbiger Erpresser", nannte ihn PM Migiakis mitunter, aber im Grunde mochte er Angelos ob dessen ungewöhnlicher Methoden und außerdem wusste Migiakis: Nikakis ist einer der wenigen, die weder korrupt noch gierig sind, geschweige denn, dass er das Geheimnis tatsächlich öffentlich machen würde.

„Ich finde es eine Unverschämtheit, dass ich meinen eigenen Mann nicht wählen darf. Saubere Demokratie", murrte Khaled.

„Noch ist er mein Mann. Und außerdem bist du kein Grieche", antwortete Alex.

„Jemand, der Nikakis heißt, ist kein Grieche?", fragte Khaled.

„Doch, aber noch heißt du nicht so! Und außerdem wird bei euch das Volk überhaupt nicht gefragt", antwortete Alex.

„Ja, weil das Volk dumm ist", sagte Khaled mit unschuldigem Blick und ohne Arroganz.

Angelos lachte.

„Da hat er einen Punkt", sagte er. „Demokratie und Intelligenz passen irgendwie nicht zusammen!"

„Deswegen ist jeder vernünftige Staat ein Emirat. Funktioniert zuhause gut, funktioniert hier gut. Oder hast du deinen Emir etwa nicht gewählt?"

„Ich habe Angelos gewählt und keinen Emir", knurrte Alex.

„Das ist das oder der Gleiche", gab Khaled zurück.

„Alex, du gehst jetzt. Und du, Khaled hältst die Klappe. Ihr geht mir auf den Senkel", knurrte Angelos.

Ich gehöre niemand. Basta. Und ob das auf Dauer gutgeht, der Ex-Partner und der Neue in einem Raum – oder Balkon -, das war zumindest zweifelhaft.

6

Am nächsten Abend begaben sich Angelos und Khaled herunter von „ihrem" Berg und fuhren zur Altstadt.

Schon auf dem Weg vom Parkplatz zum Rathaus musste Angelos zahlreiche Hände schütteln, dabei war mit der Auszählung noch gar nicht begonnen worden.

Was Khaled sehr rührte, war, dass Angelos ihn jedem vorstellte und sie auf der Promenade Arm in Arm liefen. Er will allen zeigen, wer nun an seiner Seite ist.

Sie erreichten das „Da Vinci"-Café am hinteren Ende der Promenade. Es lag nur wenige Meter entfernt vom Rathaus, von dessen Balkon das Wahlergebnis verkündet würde.

„Warum bist du so nervös?", fragte Khaled. „Wegen des Ergebnisses?"

Angelos schüttelte den Kopf.

„Die Menschenmenge. Ich habe die eine oder andere Macke", sagte Angelos.

„Und ich liebe jede einzelne davon", sagte Khaled mit lächelndem Gesicht.

Es waren endlose 30 Minuten, bis Theodorakis, der Wahlleiter, über das Mikrofon das Ergebnis verkündete:

Wahlberechtigt 12.904, ungültige Stimmen 104. Gültige Stimmen 12.800, davon entfielen auf Herrn Panourgios 795 Stimmen, auf den Emir12005. Das entspricht 93,8 Prozent. Wo ist er denn, unsere Königliche Hoheit?"

„Er kommt", brüllte Khaled. „Los, jetzt!"

Er schob Angelos in die Menge hinein und Hunderte Hände klopften ihm auf die Schulter. Und Khaled erkannte, wie sehr Angelos litt.

Eine Stunde später waren sie wieder zuhause.

„Die Menschen sind dir dankbar und mögen dich", stellte Khaled fest. „Nun freu dich doch etwas!"

Angelos lächelte gequält. Aber seine Qualen waren noch nicht vorbei. Das Handy brummte.

„Nein, bitte nicht auch noch das!"

Migiakis, der Premierminister.

„Darf ich Kim-Il-Nikakis gratulieren?", fragte er und Angelos musste doch lachen.

„Neidisch?"

„Ich sollte dich ins Kabinett holen!"

„Das wäre so als würde der Papst Mitglied der Mafia", antwortete Nikakis. „Ich kenne meine Grenzen!"

„Vielleicht auch gut so. Zuletzt nennst du mich vor dem Kabinett noch ‚Vollidiot', wie du es ja gerne tust!"

„Weil ich dich gerade dran habe, mein Förderantrag für die Kläranlage liegt seit …" Migiakis stöhnte.

„Du bist eine lästige Klette. Ich kümmere mich darum, bevor ich ins Krankenhaus gehe!"

„Was hast du denn? Rumpelt die Prostata?", fragte Angelos.

„Das kommt bei dir schon auch noch", knurrte Migiakis.

„Bei Schwulen nicht. Da wird die Prostata so stimuliert, dass …"

„Ich will es gar nicht wissen. Aber eine Sache habe ich noch. Und die ist wichtig. Dein Handy ist ja vom EYP. Die werden sich noch melden. Ein russischer Überläufer kommt über die Ägäis nach Mykonos. Er wird dort in einer Schönheitsklinik etwas umgestaltet und dann geht es auf die weitere Reise nach Langley. Geleitet wird die Aktion von unseren Leuten und den Israelis. Du musst sie nur unterstützen", sagte Migiakis.

Die Nachtigall trapste nicht, sie stampfte auf den Boden.

„Du vergisst die Russen, die sicher nicht tatenlos zusehen werden, wie …"

„Die wissen gar nicht, wo er ist", sagte Migiakis.

„Das glaubst du doch nicht im Ernst! Warum sind die Amis nicht dabei?"

„Weil der Herr aus Moskau den Mossad für fähiger hält. Womit er sicher recht hat!"

„Gut. Dann sag denen vom EYP, sie sollen ihr ganzes Repertoire mitbringen!"

„Damit der Herr Bürgermeister so ausgestattet ist wie das FBI und hinterher verschwindet die Hälfte. So war es doch das letzte Mal, oder?", fragte Migiakis spitz.

„Zum Wohle der Bürger", antwortete Angelos. Migiakis lachte und legte auf.

„Was für ein Tag. Komm lass uns ins Bett gehen, Khaled. Und heute bitte keinen Sex. Ich bin fertig", sagte Angelos.

„Kein Problem, Süßer", sagte Khaled, machte sich aber Sorgen. Angelos sah gar nicht gut aus.

Und seine Vorahnung trog Khaled nicht. Gegen 3 Uhr bemerkte er, dass Angelos sich hin und her wälzte, stark schwitzte und immer wieder sprach, auch wenn Khaled nichts verstand.

Er ging in die Küche, kam nach kurzer Zeit zurück und legte sich wieder neben Angelos.

Er versuchte, ihn festzuhalten, was nicht leichtfiel. Als Khaled ihn mit einem Arm niederhalten konnte, begann er mit der freien Hand das Herz zu massieren, wie man in Fudscheira sagt. Es war natürlich nur die Stelle über dem Herz. Doch es zeigte Wirkung. Angelos wurde ruhiger und nach einer Minute wachte er auf. Wirr. Es dauerte, bis er Khaled erkannte.

„Khaled. Entschuldige. Ich dachte, es passiert so schnell nicht wieder!"

„Pssst. Trink deinen Espresso!" und Khaled gab ihm den Thermobecher.

„Woher weißt du …?"

„Alex. Er hat mich vorgewarnt und Tipps gegeben, was sehr anständig war. Ich habe das Programm etwas abgewandelt", sagte Khaled mit beruhigender Stimme.

„Es waren die Berührungen mit den Händen, nicht wahr?", fragte Khaled.

Angelos nickte leicht.

„Dann müssen wir das unbedingt vermeiden. Aber es macht mir nichts aus, dir zu helfen. Im Gegenteil. So komme ich dir näher und genau das will ich. Ich will alle Seiten von dir kennenlernen!"

„Die hier ist nicht sehr vorteilhaft", sagte Angelos leise.

„Da täuscht du dich sehr", antwortete Khaled.

„Löffelchen ohne Sex?", fragte er.

Angelos lächelte und nickte.

Hoffentlich habe ich morgen Ruhe. Ich bin total erschlagen.

Genau daraus sollte nichts werden.

7

Die Herren vom israelischen Geheimdienst tauchten am nächsten Morgen auf, was den beiden Langschläfern Angelos und Khaled nichts ins Konzept passte. Ein mürrischer Angelos verfrachtete die beiden in die Küche und hieß sie zu warten. Gnädigerweise bekamen die beiden einen Espresso.

„Sehr griechisch", sagte Gabriel, einer der Israelis.

„Und das eines klar ist: mein Mann ist dabei!", sagte Angelos.

Mein Mann? Ich habe ihn doch noch gar nicht geheiratet. Man sollte vor zehn Uhr nicht sprechen.

Es dauerte gut zwanzig Minuten, bis Angelos und Khaled angezogen wiederauftauchten.

Dann geschah etwas Seltsames.

Levi, der andere Israeli, stand auf, salutierte und sagte mit breitem Lächeln: „Guten Morgen, Herr Oberstleutnant!" Dann fiel er Khaled um den Hals.

„Schön, dich zu sehen, Levi", antwortete Khaled.

„Wieso habe ich immer das Gefühl, nicht alles über meinen Mann zu wissen? Ein Israeli, der vor einem Araber salutiert und ihm um den Hals fällt? Meine Herren, und vor allem du, Khaled: was ist hier los?"

Khaled legte seinen Arm um Angelos.

„Setzen wir uns doch erstmal."

Wieder lächelten sich Khaled und Levi an.

„Wir haben uns in der Negev-Wüste kennengelernt. Dort hat der Dienst ein geheimes Ausbildungszentrum!"

„Mein Mann ist ein israelischer Spion?", fragte Angelos entrüstet.

„Nein, nein. Er wurde von seinem Vater entsandt. Wir führen Geheimgespräche mit den Emiratis, wie wir gemeinsam gegen den Iran vorgehen können", antwortete Gabriel.

„Der Feind meines Feindes ist mein Freund", sagte Angelos und Levi nickte.

„So ist es. Da es aber nicht offiziell werden durfte, konnten die Emiratis niemand aus Dubai oder Abu Dhabi schicken. Man wählte das kleinste Emirat aus. Das hätte man noch als nicht abgesprochenen Versuch verkaufen können, falls es ans Licht gekommen wäre. Der Emir selbst durfte nicht in Erscheinung treten, also …"

„ … schickte er den Kronprinzen", ergänzte Angelos.

„Und? Was kam heraus?"

Gabriel und Levi lachten.

„Gar nichts. Denn ein gewisser Angelos Nikakis hatte dem Kronprinzen so den Kopf verdreht, dass er nicht mehr klar denken konnte. Als er dann deinen Hilferuf bekam, hat er uns fast fluchtartig verlassen. Aber wir haben es verstanden!"

„Meines Wissens hatte James Bond einen Chef namens ‚M'. Verlass dich drauf, dass ‚M' dir später die Leviten liest", knurrte Angelos. „Ist da noch etwas, was du mir sagen möchtest?"

„Ja, dass ich dich liebe", sagte ein lächelnder Khaled.

Aber es ist ein großer Vorteil, wenn ein Team auch wirklich eines ist und die Männer sich kennen und offensichtlich mögen. Andernfalls herrscht in solchen Ermittlungsgruppen Misstrauen, im besten Falle Reserviertheit.

„Also gut, meine Herren Spione, was kann ein kleiner griechischer Bürgermeister für Sie tun? Meines Wissens kommt noch einer von unseren Leuten dazu", sagte Angelos.

„Ja, Loukas. Er kommt heute Nachmittag!"

„Schön, dass ich das von euch erfahre. Oder wusstest du das?", fragte Angelos Khaled. Khaled schüttelte den Kopf.

„Woher sollte ich? Tu nicht so, als hätte ich Dinge verheimlicht. Viel Zeit zu erzählen hatte ich ja noch nicht!"

„Hauptsache, du bist keine – wie nennt man das bei euch – Venusfalle?"

Gabriel lachte.

„Für eine Venus hat er die falschen Geschlechtsteile. Und wenn du ihn in der Negev gesehen hättest, würdest du nicht an ihm zweifeln!"

„Schon gut, ich zweifle nicht. Also, um was geht es?"

„Es ist im Grunde genommen simpel. Ein Überläufer vom SWR will in den Westen. Er hat uns um Hilfe gebeten, weil er von den Türken und dem Westen nicht viel hält!"

„Was will er dann hier?"

„Kohle machen", sagte Gabriel lapidar.

„Was auch sonst", knurrte Angelos.

„Wir haben ihn aus der Türkei geschleust. Momentan ist er auf einem unserer Schiffe in der nördlichen Ägäis. Wir haben die Flucht sozusagen etwas abgebremst, um die Verfolger vorbeiziehen zu lassen. Wir planen, ihn morgen an Land zu bringen. Dann soll er in die Schönheitsklinik hier, um einige Veränderungen vorzunehmen. Danach dürfte die Flucht etwas einfacher sein. Denn entweder ist er noch bandagiert oder das Gesicht ist wegen den Schwellungen ohnehin nicht mehr zu erkennen!"

„Durch die Schwellungen schlägt das Gesichtserkennungsprogramm nicht an", warf Angelos ein. Die Programme arbeiten unter anderem mit Abständen im Gesicht, von Ohr zu Ohr, oder der Höhe der Ohren. Verändert man das Gesicht, ist das Programm außer Gefecht gesetzt.

„Dann bringen wir den Herrn von der Insel und weiter geht die Reise. Du sollst, halt, ihr sollt uns nur auf der Insel unterstützen. Sicher kein großes Problem!"

„Sicher nicht. Denn die Russen schauen tatenlos zu, wie einer ihrer Agenten einen Ägäisurlaub macht. Die Türken hängen auch noch hintendran. Und dass sich die Amerikaner ganz heraushalten glaubt ihr doch selbst nicht", spöttelte Angelos.

„Wir haben also die ganze Insel voller Agenten. Genau das, wovon ein Bürgermeister träumt!" Gabriel lachte.

„Ich glaube, die Herren von der anderen Seite suchen ganz woanders. Dass wir zwei Tage vor der türkischen Küste liegen, haben sie, denke ich, nicht erwartet!"

„Ich hatte auch nicht erwartet, einen arabischen Kronprinzen als Mann zu bekommen und schwupps, war er da", sagte Angelos und deutete auf Khaled.

„Du hast schon wieder ‚Mann' gesagt. Also heiratest du mich wirklich?", frage Khaled.

„Wenn du mich nicht vorher im Bett erdrosselst oder was Spione halt so machen!"

„Wir bevorzugen Kopfschüsse", sagte Levi und lachte los.

„Dann sollte ich immer die Magazine leeren, bevor ich seine Königliche Hoheit ins Bett bitte", sagte Angelos.

„Wäre dir ein trotteliger Kronprinz lieber? Du weißt, dass ich Oberstleutnant der Armee bin und drei Jahre in Sandhurst war. Das kann in so einem Fall doch nützlich sein", antwortete Khaled.

Womit er recht hatte. Alex konnte zwar schießen, traf aber selten. Ein Oberstleutnant wäre sehr von Vorteil.

„Zurück zum Thema. Was ist denn an diesem Überläufer so interessant? Und wie heißt er überhaupt? Oder ist auch das geheim?", fragte Angelos.

„Victor Blochin. Er ist Spezialist für die Umgehung von Firewalls. Er kommt in Systeme hinein, an denen im ganzen Silicon Valley jeder Experte scheitert", erklärte Gabriel.

„Ein Nerd. Langhaarig und keine 18", vermutete Angelos.

Levi lachte.

„Im Gegenteil. Militärschnitt und Anfang vierzig!"

„Wann bring ihr ihn an Land?", fragte Khaled.

„Geplant ist morgen. Außer Tel Aviv stoppt das Ganze, weil noch irgendwelche russische Boote unterwegs sind!"

„Und schon ist´s mit dem Ruhetag vorbei", knurrte Angelos.

„Na ja, zumindest für eines ist dieser Palast gut. Wir haben so viele Gästezimmer, dass wir ein Bataillon unterbringen könnten. Ihr könnt also hier wohnen. Das macht nebenbei auch Sinn", schlug Angelos vor.

„Du übertreibst, Angelos. Es ist nur ein etwas größeres Häuschen", sagte Khaled grinsend.

„Es gilt nur eine Regel: hier wird nicht nackt herumgelaufen", sagte Angelos.

„Schade", meinte Gabriel.

Angelos schaute verwirrt.

„Na ja. Wir haben die Nacktaufnahmen von dir in der Akte!"

„Welche ... Zum Teufel mit Nikos. Er hat mir versprochen, dass ... Ich bringe ihn um", knurrte Angelos.

„Bitte nicht. Er wollte mir nur einen Gefallen tun", sagte Gabriel lächelnd.

Erst da begriff Angelos.

Khaled hingegen schaute ernst.

„Mein Mann wird weder angesehen noch angefasst und schon gar nicht geküsst!"

„Zu Befehl, Herr Oberstleutnant", sagte Gabriel lächelnd.

8

Andrei Blochin lag auf seinem Bett in der Beauty-Klinik „Topface", einem Gebäudekomplex aus niedrigen Bauten, der von einer hohen Mauer umgeben war. Kameras und Drohnenabwehr gehörten dazu. Die durch die Bank elitäre Kundschaft wollte ihre Ruhe. Die Klientel fiel nicht nur unter die Kategorie „Reich", sondern auch „Schön". Und genau das war das Problem. Die Damen und Herren wollten noch schöner werden. Dazwischen lag aber eine Phase, in der man nicht sehr vorteilhaft aussieht. Die Operationen betrafen im seltensten Fall die Brüste oder den Hintern, sondern das Gesicht, in dem sich die exzessive Lebensweise der Begüterten meist widerspiegelten. Es war sozusagen die Hauptbaustelle. Und Gesichts-OPs haben den gravierenden Nachteil, dass praktisch das gesamte Gewebe im Gesicht zu Mutationen neigt. Es schwillt an Stellen an, von denen man gar nicht wusste, dass dort etwas schwellen kann. Hinzu kamen blaue Flecken oder sonstige subkutane Blutungen. Besonders bei Augenlidern oder Backen machte sich jede Straffung erst einmal negativ bemerkbar. EIN Foto eines Promi in einem derartigen Zustand könnte dazu führen, dass sich die halbe Welt – oder das ganze Internet – totlacht. Bei Models wäre es das Ende der Karriere. Und auch Politiker würden zum Gespött. Gut, ist das Ergebnis der Gestalt, dass man meint, man sähe einen Gipsabdruck, der spricht, wie bei Berlusconi oder Cliff Richard, ist ohnehin Hopfen und Malz verloren. Die Turbane aus Verbänden waren aus medizinischer Sicht unnötig, Dennoch trug jeder diese Verkleidung, um die Anonymität zu wahren – gegenüber den anderen Patienten. Die Welt der Reichen und Schönen ist erstaunlich klein – und geschwätzig. Manchmal lauert die Gefahr eher im Inneren der Klinik.

Aber zurück zu Andrei Blochin.

Er gehörte nicht zur VIP-Welt. Dennoch hatte er das Vermögen, um einige Korrekturen vorzunehmen. Das Gesicht war zu aufgedunsen, wie bei vielen Russen, die einfach zu viel Alkohol in ihrem Leben getrunken hatten. Die gleiche Ursache war verantwortlich für den Bauchansatz, der sich in den letzten Jahren bedrohlich erweitert hatte. War er schon einmal hier, so sollte auch die klobige Nase gerichtet werden.

Der Preis war exorbitant. 80.000 Euro für das Gesamtpaket. Damit lag die Klinik hier noch über den Preisen in Dubai. Aber sie hatte den besten Ruf.

Vierzehn Tage dauert es, bis ich wieder präsentabel bin, dachte Blochin. Wie jeder Patient hier musste er sich eine Ausrede ausdenken, warum er so lange abwesend ist.

Aber Blochin hatte keine Familie. Und in seiner Firma stellte man keine Fragen. Er war der Chef. Er war auf Geschäftsreise. Basta. Und ab dem dritten Tag telefonisch zu erreichen. Die Ärzte hatten ihm versichert, dass man nach 48 Stunden zumindest wieder sprechen kann.

Morgen ist es soweit.

Blochin freute sich auf sein neues Aussehen.

Die Frauen würden Schlange stehen und er müsste nicht mehr zu Huren gehen.

Die Türe öffnete sich und zwei Herren kamen herein. Vielleicht die Herren vom Labor? Denn das musste noch erledigt werden. Halt, nein, sie trugen Zivilkleidung.

„Wer sind Sie?"

„Von der Hauselektrik. Wir prüfen die TV-Anschlüsse. Es gab Beschwerden", sagte der eine.

„Bei mir funktion ..."

Weiter kam Blochin nicht.

Der vermeintliche Elektriker stürzte sich auf ihn und hielt den Oberkörper fest, während der zweite Blochin eine Spritze in den Arm jagte.

Es dauerte keine zehn Sekunden, bis Blochin in Ohnmacht fiel.

„Das lief ja besser als gedacht", sagte der zweite Mann. „Und jetzt? Wir müssen schnell raus hier!"

Der erste schüttelte mit dem Kopf.

„Wir müssen fünf Minuten warten, bis es richtig wirkt. Dann kommt er in den Wäschewagen und ab die Post!"

Sie warteten.

Bis plötzlich ein Pfeifton ertönte.

„Was ist das?"

Der erste Mann schaute auf den Monitor und sah nur noch eine Null und eine gerade Linie.

Verzweifelt versuchte er, das Gerät zum Schweigen zu bringen und tatsächlich fand er den richtigen Knopf.

Er tastete den Puls an der Halsschlagader. Nichts. Der Drecksack war tatsächlich gestorben.

Mann 1 wurde schwindlig. Darauf war er nicht vorbereitet. Sie sollten ihn entführen, aber von Töten war nicht die Rede.

Andererseits: lieber ein toter Überläufer als ein lebendiger, denn der plaudert nicht mehr.

„Raus hier", sagte der zweite Mann.

Sie zwangen sich, den Gang langsam hinunterzulaufen.

Was Mann 1 zusätzlich verwirrte: warum war es so einfach? Mit einem gefälschten Ausweis in die Klinik. Kein Wachpersonal vor der Türe oder auf dem Gang.

Ihm wurde flau.

Wenn wir hier irgendeinen Mist gebaut haben, dann Gnade uns Gott.

Wir landen in einer trostlosen Außenstation – oder wir bekommen einen Genickschuss.

Was sie nicht wussten: Andrei Blochin hatte einen unentdeckten Herzfehler.

9

Die weitere Flucht von Victor Blochin verlief unspektakulär. Nachdem er den Schuppen im Hafen von Izmir erreicht hatte, fackelten die Israelis nicht lange. Er landete in einer Versorgungsbox, die normalerweise mit Lebensmitteln in größeren Mengen befüllt wird. Dann klappert man die einzelnen Yachten ab und liefert die Bestellungen aus.

In diesem Falle aber war der Inhalt nur für Kannibalen genießbar und angesteuert wurde nur eine Yacht.

An Bord gebracht, huschte Blochin unter Deck. Keine zwei Minuten später verließ die Yacht den Hafen. Den Liegeplatz C13 hatte man in Tel Aviv mit Bedacht gewählt, denn die notorisch nervigen Kameras konnten diesen nur teilweise erfassen. Man war sorgfältig beim Dienst.

Victor Blochin war sofort in der Dusche verschwunden. Die Motorradfahrt und die permanente Anspannung hatten seine Körperdüfte negativ beeinflusst.

Erfrischt, fragte er nach einem Kaffee und Essen. Er war erstaunt, dass die Schränke randvoll mit Lebensmittel waren.

„Was für eine Verschwendung. Diese Massen an Essen für drei Stunden Fahrt. Oder machen Sie anschließend einen Betriebsausflug in die südliche Ägäis. Mossad on Tour?", fragte Blochin und lachte über seinen eigenen Scherz.

Der israelische Agent lächelte ebenfalls.

„Sie werden noch froh sein, dass so viel gebunkert ist, denn wir werden etwas länger unterwegs sein!"

Blochins Herz begann zu rasen. Sie haben mich hereingelegt, dachte er. Sie schaffen mich nach Israel oder sonst wohin. Aber die Amerikaner erwarten ihn. Das kann also nicht sein.

Auf Blochins Gesicht war die Verwirrung wohl augenscheinlich.

„Keine Sorge. Am Plan hat sich nichts geändert. Außer, dass wir nur knapp zehn Seemeilen fahren werden!"

„Sind Sie verrückt. In Kürze wimmelt es hier von türkischen und russischen Schiffen!"

„Eben", antwortete der Israeli.

„Die werden wegen ihres Rückstandes mit Vollgas in Richtung Kykladen fahren, in der Hoffnung, uns noch einzuholen. Währenddessen dümpeln wir ein bisschen zwischen den Inseln vor der türkischen Küste herum. Und wenn sie aufgegeben haben, fahren wir los!"

Keine schlechte Idee, dachte Blochin.

„Aber das fällt doch auf. Die Satelliten und Drohnen werden doch aufmerksam auf ein fast unbewegliches Schiff!"

„Wohl kaum. Viele Yachtbesitzer fahren von einem Inselchen zum nächsten. Und außerdem schauen Sie doch mal auf das Kamerabild. Es zeigte das Schiff vom Heck aus.

„Passen Sie genau auf!"

Der Agent drückte einen Knopf.

Plötzlich fuhr der Pfosten für das Echolot einen Meter nach oben und war nicht mehr weiß, sondern blau.

„Wir können zwischen drei Farben wählen. Und die Höhe um zwei Meter verändern. Hinzu kommt, dass der Schiffsname auf einem Display steht. Der Name kann und wird öfters gewechselt. Gleiches gilt für das Fähnchen. Momentan fahren wir unter amerikanischer Flagge, denn weder Russen noch Türken möchten Ärger mit Amerikanern. Sollte wir doch angegriffen werden, haben wir an Deck schwere Bewaffnung, denn der Pool ist nur Attrappe!"

Der Agent war sichtlich stolz.

„Also richten Sie sich darauf ein, dass wir zwei Tage an Bord bleiben, vielleicht drei. Bekommen wir grünes Licht aus Tel Aviv und Mykonos, steuern wir die Kykladen an und Sie können zu Ihrer Schönheits-OP", sagte der Agent und lächelte.

Victor Blochin war beeindruckt.

„Haben wir wenigstens einen Fernseher?"

Der Agent schmunzelte und drückte noch einen Knopf. Eine Wand fuhr zur Seite und dahinter kam ein 60-Zoll-Fernseher zum Vorschein.

„Mit Internet!"

„Ich glaube, hier könnte ich länger bleiben", sagte Blochin.

Und auf Mykonos würde ihm garantiert nichts passieren. Eine Urlaubsinseln, auf der sich garantiert keine Agenten aufhalten. Außer denen, die mich bewachen sollen.

Hier sollte sich Blochin täuschen. Mykonos sollte die schwerste Prüfung seines Lebens werden.

10

IHR VOLLIDIOTEN!! Wieso bin ich gestraft mit derartiger Inkompetenz und Dummheit!"
Emre Ayhan saß in seinem Stuhl und tobte.
Seine zwei Agenten waren auf Pygmäengröße geschrumpft.

„Wie seid ihr auf diese Idee gekommen?", brüllte Ayhan.

„Das waren nicht wir. Es war Ihr Stellvertreter", sagte einer der beiden kleinlaut.

Burak. Demiral. Dieser räudige Esel. Wegen ihm darf ich jetzt beim Sultan antreten und werde verbal geviertelt.

„Aha. Und was hat meinen Stellvertreter zu diesem fulminanten Einsatz bewogen?"

„Er sagte, wir könnten Blochin als eine Art Geschenk oder Pfand für oder gegen die Russen verwenden. Es musste ja schnell gehen", sagte der zweite zerknirschte türkische Agent.

„Blochin stand auf der Passagierliste eines Fluges von Istanbul nach Athen und hatte einen Weiterflug nach Mykonos gebucht!"
Ayhan platzte fast.

„Aha. Er flieht also Richtung Izmir und findet sich dann an Bord eines Flugzeugs wieder?"

„Die Flucht könnte eine Finte gewesen sein. Er fährt südlich und dreht dann um. Damit würden wir ja nicht rechnen", sagte Agent 1, merkte aber, dass die Argumentation ihre Schwächen hatte.

„So. Ein Überläufer reist UNTER SEINEM RICHTIGEN NAMEN PER FLUGZEUG? Man sollte euch allein schon wegen Dummheit erschießen! Weiter!"

Keiner der beiden wollte weitersprechen.

„ICH HÖRE", brüllte Ayhan.

„Demiral sagte uns, dass Blochin auf Mykonos in einer Schönheitsklinik eingecheckt hatte. Die Meldezettel ..."

„... werden elektronisch an die Behörde weitergeleitet. Das weiß ich selbst!"

„Und dann sollten wir ihn entführen. Propofol spritzen, dann in einen Wäschekorb und ab zu einem Schiff in den Hafen!"

„Was offensichtlich nicht ganz geklappt hat", warf Ayhan ein.

„Nein. Er ist ... äh ... verschieden!", sagte Agent 1 kleinlaut.

„Wenigstens habt ihr euch nicht schnappen lassen bei eurer Eselei!"

„Danke, Chef!"

„DAS WAR NICHT ERNST GEMEINT. IST DENN NIEMAND AUFGEFALLEN, DASS EUER ‚ÜBERLÄUFER' SEINEN RICHTIGEN NACHNAMEN VERWENDET; ABER EINEN ANDEREN VORNAMEN??"

Mit jedem Wort wurde er lauter.

Erschöpft ließ sich Ayhan in seinen Sessel fallen.

„Ihr habt den falschen Blochin umgebracht. Er ist, er war, Chef einer Immobilienfirma aus Petersburg, ihr Idioten. Andrei Blochin. Nicht Victor Blochin. Und der wird sicher nicht seinen Klarnamen verwenden. Aber jetzt wissen alle, dass höchste Gefahr droht. Die Sicherheitsmaßnahmen werden verschärft. Und jede andere Spur habt ihr ignoriert, weil man den Überläufer ja schon ‚entdeckt' hatte! Der Mord wird nicht nur die Polizei, sondern auch die Geheimdienste aufschrecken. Da herrscht jetzt Alarmstufe rot. Noch röter als mein Kopf!"

Und das ausgerechnet auf Mykonos. Es war die perfekte Wahl. Gute Verkehrsverbindungen, Trubel und fast keine Polizei. Ich würde eine Flucht über Mykonos planen, dachte Ayhan.

Die Russen werden uns unterstellen, wir hätten Blochin durch die Türkei geschleust. Dass er uns nach allen Regeln der Kunst getäuscht hat, nimmt uns keiner ab. Gott sei Dank. Es wäre eine Blamage.

Was wohl die Russen machen? Ob sie schon dran sind?

Ayhan seufzte.

„Melden Sie sich bei meiner Sekretärin. Dort liegen zwei Bustickets. An die irakische Grenze. Während der sechzehn Stunden könnt ihr euch überlegen, was ihr in Zukunft mit euren Spatzenhirnen anstellen werdet. UND JETZT RAUS HIER!"

11

Aber nicht nur in Ankara wurde gebrüllt. In Moskau wackelten ebenfalls die Wände. Zunächst nur im Büro des Generaldirektors des SWR, des Auslandsgeheimdienstes. Oleg Nowgorny ließ seine Wut in ähnlicher Weise an seinen Mitarbeitern aus wie Emre Ayhan in Ankara.

Denn auch er musste anschließend zum Rapport beim Zaren. Der aber pflegte nie zu brüllen. Je leiser er wurde, desto höher war die Gefahr für den Gesprächspartner.

Und so herrschte Stille im Amtszimmer des Präsidenten, der so viel mehr war als „nur" ein Präsident. Nowgorny war es gewohnt, dass der Herr zunächst so tat, als säße auf dem Stuhl gegenüber dem Schreibtisch niemand. Machte man den Fehler, sich zu räuspern oder zu hüsteln, wurde die Schweigefrist verlängert. Nach geschlagenen sechs Minuten legte der Präsident den goldenen Füller weg, schaute Nowgorny an und faltete die Hände.

Nowgorny begann zu schwitzen, was sein Gegenüber mit einem Lächeln zur Kenntnis nahm. Geheimdienstmethoden, die der Mann im Kreml beherrschte, war er doch selbst Geheimdienstler.

„Nun, Oleg, was haben Sie mir zu sagen?"

„Exzellenz, es besteht Grund zu der Annahme, dass Victor Blochin, unser ..."

Weiter kam Nowgorny nicht.

„Ich weiß, wer Blochin ist. Verschwenden Sie nicht meine Zeit!"

Die Stimme wurde leiser. Alarm.

„Es scheint, dass er sich abgesetzt hat. Von einem Treffen mit dem türkischen Geheimdienst in Istanbul kehrte er nicht zurück. Zumindest bis jetzt nicht!"

Der Präsident schmunzelte, was erhöhte Alarmstimmung signalisierte, sofern dies noch möglich war.

„Meines Wissens war die Besprechung gestern um 14 Uhr beendet. Vor 26 Stunden. Glauben Sie, er hat sich beim Shoppen in Istanbul verlaufen?"

„Nein, Exzellenz. Natürlich nicht. Aber es kann sein, dass er einen Unfall hatte oder in eine andere Notfallsituation geraten ist!"

„Dann wäre er wohl in eine Klinik eingeliefert worden, oder? Sind die alle überprüft worden?"

Nowgorny nickte.

„Was erzählen Sie mir dann für einen Mist. Er wäre noch nicht zurück? Er ist desertiert. So einfach ist das! Wer hat ihm eigentlich die Genehmigung erteilt, das Land zu verlassen?"

Wie immer saß die Frage.

„Ich, Exzellenz. Er meinte, es gäbe ein großes Sicherheitsleck beim MIT und er müsse dies persönlich mit Ayhan besprechen. Den elektronischen Kanälen traute er nicht!"

Der Präsident lachte.

„Das glaube ich gerne. Er ist ja unser führender Hacker. Der Verantwortliche für all unsere Systeme. Von den militärischen bis hin zu den Energieanlagen. Muss ich Ihnen sagen, was es bedeutet, wenn ausländische Mächte in unsere Computersysteme eindringen können? Und genau das wird passieren, denn Blochin ist bestimmt nicht wegen des besseren Klimas geflohen. Er will Geld. Können Sie sich erinnern, wie die Israelis von einem Computer in Beersche-ba aus das iranische Atomprogramm um zehn Jahre zurückgeworfen haben?"

Natürlich weiß ich das, du Idiot, dachte Nowgorny. Und überhaupt: woher weiß er das alles überhaupt? Natürlich vom FSB, der seine Spitzel bei mir sitzen hat.

„Was gedenken Sie zu tun?"

„Unsere Stationen in der ganzen Region sind im Alarmzustand!"

„Bravo, dann kann uns ja nichts mehr passieren. In 26 Stunden kann Blochin überall hin geflohen sein!"

„Na ja, es sind nur 20 Stunden, denn sechs dürfte er bis zur Küste gebraucht haben!"

„Werden Sie nicht frech, Oleg. Selbst bei 20 Stunden könnte er in Neuseeland sein. Auf die Idee, wenigstens die Residentur zu informieren, kamen Sie nicht?"

„Da sollte er sich selbst melden", sagte Nowgorny leise.

Der Präsident schaute ihn fragend an.

„Für einen Geheimdienstchef haben Sie erstaun-lich viel Vertrauen in Ihre Mitarbeiter. Wie man sieht, ein schwerer Fehler. Das ist entweder Dummheit oder Landesverrat!"

Nowgorny wurde bleich.

„Noch ein letzter Versuch: was gedenken Sie zu tun?"

„Die Cyberabteilung versucht gerade, die Codes zu ändern, aber ..."

„… keiner kennt sich so gut aus wie Blochin, richtig?"

Nowgorny nickte.

„Er muss gefunden werden. Unter allen Umständen. Tot oder lebendig!"

Der Präsident machte eine kurze Pause.

„Ganz fachfremd bin ich ja nicht. Eine solche Flucht muss vorbereitet werden. Man wählt nie den direkten Weg, sonst hat man die Verfolger zu schnell im Nacken. Man schlägt Haken wie ein Kaninchen, mitunter verkriecht man sich eine zeit lang. Von Izmir aus kann es nur Richtung Westen gegangen sein. Mit einem Boot. Nächstes Ziel wären die Kykladen. Und wohin würden Sie fliehen, wären Sie Blochin?"

„Auf eine Insel mit vielen Menschen, wenig Personal und guten Verkehrsverbindungen", sagte Nowgorny.

„Sehr gut. Doch nicht so dämlich. Nach Athen ist er bestimmt nicht, denn dort wimmelt es von unseren Leuten. Er kann eigentlich nur nach Mykonos gefahren sein. Und natürlich wusste er, dass wir dort niemanden sitzen haben!"

„Bei allem Respekt. Da muss ich widersprechen. Wir haben einen Kontaktmann auf der Insel!"

„Einen Kontaktmann? Heißt: keinen Agenten, sondern jemand, der für 200 Euro im Monat Tratsch weiterreicht. So ist es doch, oder? Wurde der Mann schon einmal eingesetzt?"

Nowgorny schüttelte den Kopf.

„Und seit wann arbeitet er für uns?"

„Seit zehn Jahren!"

Dem Präsidenten fror das Gesicht ein.

„Heilige Einfalt. Alles was laufen und schießen kann, schicken Sie in die Region. Durchkämmen Sie die Insel. Drehen Sie jeden Stein um. Halten Sie jedes verdächtige Schiff auf, denn er kann nur per Boot weiterreisen. Fliegen wäre zu auffällig. Dennoch: lassen Sie den Luftraum auf Privatmaschinen überprüfen!"

„Aber es landen täglich Dutzende Maschinen auf JMK", sagte Nowgorny.

„Überprüfen Sie alle Flugdaten. Ist irgendetwas verdächtig, zwingen Sie die Maschine zur Landung!"

„Im griechischen Luftraum?", fragte Nowgorny. „Das gibt einen diplomatischen Eklat!"

„Sie haben die Tragweite noch immer nicht begriffen, oder? Vielleicht sollte ich es dem FSB übertragen", sagte der Präsident.

Und das wäre die Blamage schlechthin.

„Nein, wir schaffen das!"

„Das will ich hoffen. Überlassen Sie die Griechen mir! Wenn ich huste, wackelt Athen! Sie können gehen. Täglich Bericht um zehn und um sechs. Und verschwenden Sie nicht meine Zeit mit langatmigen Berichten, wo Sie alles gesucht haben. Mich interessiert nur eines: Vollzug, sonst nichts!"

„Sehr wohl, Exzellenz!"

Nowgorny stand mit wackligen Knien auf. Er lief die gut zehn Meter, endlos lange zehn Meter bis zur Türe. Hoffentlich ruft er nicht hinterher.

Kaum gedacht, hörte er:

„Ach Oleg. Fragen Sie doch Ihre Frau und Kinder, wie ihnen die Mongolei gefallen würde!"

Bei der Mongolei bleibt es nicht, dachte der Präsident. Der Vollidiot wird für seine Dummheit bezahlen. Nur wenn er Blochin erwischt, lasse ich vielleicht Gnade walten. Vielleicht.

Er lehnte sich zurück und studierte noch einmal die Karte der Ägäis.

Er beschloss, zusätzlich den FSB einzuschalten und das Militär. Wir brauchen Drohnen im Gebiet.

Ich würde nach Mykonos fahren, dachte er.

Und er hatte recht. Genau dort wollte Blochin hin, aber er war noch nicht dort. Er hatte sich auf einem Boot eingeigelt. Nicht damit rechnend, dass Moskau so lange brauchen würde, um seine Flucht zu entdecken. Die Jäger hatten ihn nicht überholt, wie die Israelis dachten. Sie kamen erst.

12

In Ornos herrschte noch ausgelassene Stimmung. Es war die Ruhe vor dem Sturm, der aufzog und sich am folgenden Morgen entladen sollte.

„Was ist denn Blochins Motiv?", fragte Angelos.

„Es gibt nur vier: Ideologie wie im kalten Krieg, fällt flach. Die Liebe, aber Blochin interessiert sich nur für Computer. Motiv 3 wäre, dass man ihn erpresst und zum Beispiel die Kinder entführt hat. Aber so etwas machen die Amerikaner nicht", sagte Gabriel.

Als Grieche sah Angelos die Sache anders. Die Amerikaner sind keinen Deut besser als die Russen, sie tragen nur ein moralisches Mäntelchen. Aber er sagte nichts – er hatte schlicht keine Lust auf eine fruchtlose, politische Diskussion.

„Und dann bleibt nur das häufigste Motiv!"

„Geld", sagte Khaled.

„So ist es. Und Blochin ist jeden Cent wert. Im Ernstfall können die Amerikaner die gesamte Energieversorgung Russlands lahmlegen, vom Militär ganz zu schweigen", antwortete Gabriel.

„Wieso behalten wir ihn nicht?", fragte Angelos im Scherz.

„Weil die Russen dich und Khaled grillen würden. Und zwar im Wortsinn", sagte Levi.

„Gut, dann könnt Ihr ihn haben!"

„Etwas anderes war es natürlich bei Khaled. Er hat sein Land aus Liebe verlassen", sagte Gabriel.

„Aber nicht verraten. Liebe ist kein Verrat!", protestierte Khaled.

„So habe ich es doch nicht gemeint. Gott, Angelos, du hättest ihn sehen sollen. Als deine SMS kam, war er nicht mehr zu halten. Wir mussten ihn sofort nach Amman fahren und dann hat er sogar seinen Koffer vergessen", sagte Gabriel.

Angelos setzte seinen ernsten Blick auf und sagte: „Man kann ihn verstehen. Schaut mich an!"

Und lachte los.

„Bescheiden ist er ja", sagte Levi lachend.

„Schön, dass es tatsächlich funktioniert hat. Der Rücktritt muss dir dennoch schwergefallen sein, oder?"

„Nicht im Geringsten. Ich bin tausend Mal lieber hier!"

Gabriel und Levi sahen sich an.

„Definitiv verliebt!"

Das Geplauder ging noch etwas weiter, bis Angelos fragte, wann das „Paket" denn eintreffen würde.

„Wenn Tel Aviv grünes Licht gibt, morgen Abend. Dann im Schutz der Dunkelheit zur Klinik", sagte Gabriel.

Zum Thema „Schutz der Dunkelheit" hatte Angelos eine abweichende Meinung. Trotz Nacht-sichtgeräten war es ihm lieber, gefährliche Situationen am Tag zu bewältigen, auch wenn mehr Menschen unterwegs waren. Aber bitte, wenn die Herren meinen.

Zehn Minuten später waren Angelos und Khaled allein in ihrem Schlafzimmer, das eher einem Stockwerk in einem Hochhaus ähnelte. Natürlich ohne Wände.

„Sehr diskret bei Besuch", sagte Angelos.

„Genierst du dich?", fragte Khaled.

„Ach was. Ich hoffe nur, das Echo ist nicht zu laut, wenn du brüllst!"

„Als würde nur ich Geräusche von mir geben. Übrigens: unterschätze die beiden nicht. Jeder von denen hat schon Menschen umgebracht!"

„Und woher weiß das mein James Bond mit Turban?", fragte Angelos.

„Ich habe vor meinem Treffen mit ihnen natürlich ihre Akten – nein, heutzutage sagt man wohl ‚personal files' – durchgesehen. Levi hat so einiges auf dem Kerbholz!"

„Das beruhigt mich sogar eher. Jemand mit Erfahrung ist von größerem Nutzen, wenn es ernst wird. Ein Sesselfurzer kann höchstens Bleistifte werfen!"

„Ich kann dir sagen, dass Gabriel gerne mitten ins Auge schießt!"

„Wie nett. Schön, dass er auf unserer Seite ist. Hoffentlich", sagte Angelos.

„Im Übrigen hättest du mir sagen können, dass er schwul ist!"

„Das wusste ich doch selbst nicht. Erst jetzt begreife ich, warum er so lange auf dein Bild gestarrt hat", antwortete Khaled.

„Welches Bild?", fragte Angelos erstaunt.

„Sie hatten bei unserer Besprechung in der Negev eine Akte über dich. Natürlich mit Bild. Sie waren gut vorbereitet!"

„Der Mossad hat eine Akte über mich??"
Angelos war mehr als verdattert.

„Das ist nicht wirklich überraschend. Dass ich dir hinterherrenne wussten nun definitiv viele. Hier auf der Insel, vor allem am Airport", sagte Khaled.

Stimmt, dachte Angelos. Bei jeder Ankunft von Khaleds Jet war das gesamte Personal im Tower versammelt, um ja nichts zu verpassen.

„Gibt es noch etwas, was du mir sagen möchtest, außer dass du General und Schlapphut in Personalunion warst?", fragte Angelos grinsend.

„Ich war kein Schlapphut. Aber ein Kronprinz ist nie nur Staffage. Zumindest nicht in arabischen Ländern. In Europa mag das anders sein!"

„Wir bevorzugen Republiken", antwortete Angelos mit einem Lächeln.

„Würdest du lieber mit einem Republikaner im Bett liegen?", fragte Khaled.

„Aber nein. Mir reicht der arabische General!"

„Oberstleutnant. Darf ich jetzt endlich die Haubitze auffahren?"

Ganz leise hörte man ein Lachen – von unten.

„Offensichtlich hört man im Gästezimmer alles", sagte Angelos und lachte.

„Das ist mir sowas von egal!"

„Mir auch!"

Es waren die letzten unbeschwerten Stunden. Vor allem Angelos´ Leben sollte eine Woche später nicht mehr dasselbe sein.

13

Dimitri Papandreu war sich nicht sicher, ob er noch in der Wirklichkeit lebte. Zu abstrus waren die Ereignisse der letzten Tage. Papandreu war der medizinische Direktor der Schönheitsklinik in Kalo Livadi. Und er war es gerne. Ganz bescheiden hielt er sich für den besten Gesichtschirurgen der Welt. Die Besitzer der Anlage, eine Fondgesellschaft aus London, hatten seiner Meinung nach die richtige Wahl getroffen und ihn zum Direktor ernannt. Mit enormer Beinfreiheit – sofern die Erträge den erwarteten Rahmen erfüllten oder wünschenswerterweise übertrafen.

Und das war der Fall.

Die positive Mundpropaganda ließ die Promis dieser Welt nach Mykonos pilgern. Man war in diesen Kreisen misstrauisch. Verständlich: denn nur ein falscher Schnitt im Gesicht und die Karriere des Models oder der Schauspielerin war dahin. Papandreus Resultate waren sichtbar, das war sein Kapital. Etwas hören ist das eine, aber das Ergebnis zu sehen, war etwas ganz anderes. Und da das Showbiz zum ersten relativ überschaubar war und die Mitglieder auch extrem gut vernetzt waren, musste Papandreu keinerlei Werbung betreiben. Im Gegenteil: man stand Schlange, man bettelte, man versuchte zu bestechen …

Oberster Grundsatz war: ABSOLUTE Diskretion. Nichts durfte nach außen dringen. Daher wurde auch nicht mit Namen gearbeitet, sondern ausschließlich mit Barcodes. Und unter den

Verbänden und Turbanen war wirklich niemand zu erkennen. Den Check-In mit dem präoperativen Gesicht übernahm er selbst. Weder Gepäckträger noch Housekeeping bekamen die Neuankömmlinge zu sehen. Bezahlt wurde an eine Gesellschaft in Panama – daher konnte auch über den Zahlungsverkehr der Name des Patienten nicht ermittelt werden.

Alles lief hervorragend. Die Liste der Prominenten in diesem Jahr war beeindruckend.

Showgrößen, Politiker und Oligarchen.

Dann die erste Merkwürdigkeit: ein Anruf, auf den er zehn Jahre gewartet hatte. Bevor Papandreu sich größere Gedanken machen konnte, ereilte ihn die nächste Hiobsbotschaft.

Rezula – sie heißt wirklich so, seine Stationsärztin hatte einen Patienten tot aufgefunden, in seinem Bett. Papandreu ließ sofort alle Chipkarten sperren und besah sich den Unglücksfall selbst.

Niemand außer ihm durfte das Zimmer betreten. Sein Problem war: er war kein Internist und das sollte man bei einer Leichenschau schon sein, wenn kein Pathologe zur Hand ist.

Wütend starrte er auf die Leiche. So, als ob er sie noch einmal töten wollte.

Nach Gewaltverbrechen sah es nicht aus. Alles stand noch an seinem Platz, nichts war umgefallen. Gehört hätte man ohnehin nichts. Die Zimmer waren extrem schalldicht.

Ein Fehler bei der Operation? Er schaute auf den Computerausdruck und stellte fest, dass der Verschiedene erst auf der Operationsliste für heute stand. Einerseits beruhigend, andererseits mysteriöser. Und der Mann? Ein Geschäftsmann aus Russland, kein Prominenter. Eine weitere Erleichterung. Wäre es einer seiner Showstars gewesen – nicht auszudenken.

Er besah die Leiche und fand am Oberarm einen Einstich. An einer Stelle, an der kein Arzt oder Pfleger eine Spritze setzen würde. Auch sprach der Bluterguss gegen eine medizinische Fachkraft. Verflucht.

Er überlegte, wie er den Einstich verstecken oder ganz verschwinden lassen könnte.

Da hatte er eine Idee. Er griff nach seinem Handy. „Pavlos? Ich brauche den Hautraspler. Stell ihn vor die Türe von Zimmer zwölf. Und Verbände!"

Wenn sich Pavlos auch wunderte, er wusste, es war besser, nicht nachzufragen.

Fünf Minuten später hatte Papandreu das Gerät neben das Bett des Verschiedenen geschoben und machte sich ans Werk. Er hobelte einen Teil der Haut ab, sodass der Einstich samt Einblutung verschwand. Die abgeraspelte Haut spülte er die Toilette herunter. Dann verband er die Wunde. Voilà. Das hätten wir.

Papandreu wusste, dass die Polizei kommen würde und dass der örtliche Kommissar nicht zur Sorte „desillusioniert und trottelig" gehörte. Er konnte ihn auf den Tod nicht ausstehen. Hauptsächlich deshalb, weil er in seiner Eigenschaft als Bürgermeister dem Projekt der Schönheitsklinik mehr als kritisch gegenüberstand.

„Die Damen und Herren sollen nach Dubai oder Houston fliegen. Die haben mehr Platz als wir. So versiegeln wir noch mehr Boden. Wieder mal für die Reichen!"

„Die bringen aber auch Geld nach Mykonos",
antwortete Papandreu damals.

„So? Ich befürchte, das Geld geht auf ein Konto
auf, sagen wir, Guernsey, und wir sehen keinen
Pfennig Steuern. Nicht mit mir", hatte Angelos
zurückgeknurrt.

„Meine Investoren …", begann Papandreu.

„… können mich kreuzweise. Sie zahlen freiwillig
pauschal 100.000 Euro Kommunalsteuer. Mit
einem Notarvertrag. Einverstanden?"

Ich hätte Nikakis umbringen können, dachte
Papandreu und nun muss ich mich wieder mit ihm
herumschlagen.

Nein, es war kein guter Tag.

Fünf Minuten später war es ein grauenhafter Tag.
Erst jetzt schaute Papandreu auf den Klarnamen.
Blochin. Ihm wurde schwindlig.

„Grundgütiger!"

Das konnte nicht sein. Der sollte doch erst noch
kommen. Ferner stimmte der Vorname nicht.

Klar ist, dass der richtige Blochin sicher nicht
seinen tatsächlichen Namen bei der Registrierung
angegeben hätte.

Ansonsten verdiente nichts anderes an dem
Vorgang das Adjektiv „klar".

Zudem: der Herr sollte noch quicklebendig sein.
Das war er nun nicht mehr.

Gut. Es hilft nichts.

Maßnahme 1: Die Türe wird zusätzlich versiegelt.
Maßnahme 2: Den Kommissar auf natürlichen Tod
programmieren, wenn dies denn möglich ist.

In diesem Punkt hatte Papandreu seine Zweifel.
Maßnahme 3: Den Kontakt informieren und um
Aufklärung bitten.

14

Angelos ging die Treppen hinunter und macht sich auf den Weg in die Küche.

Ich sollte mir einen E-Roller kaufen, bei den Entfernungen, murmelte er. Das ist kein Haus, sondern ein kleiner Palast.

Als er die Küche in Shorts betrat, war er überrascht.

Khaled stand am Herd, flankiert von Gabriel und Levi.

„Die Butter ist zu heiß, Khaled. Mehr Butter und das auf mittlerer Stufe. Dann Zwiebeln, Petersilie und ein Schuss Milch in die Eier", sagte Gabriel.

„Wie bekomme ich die Milch in die Eier?", fragte Khaled, was einen Lachanfall der beiden Israelis zur Folge hatte.

„Idioten! Ich hab das nie gelernt", knurrte Khaled.

„Schon gut. Ah! Guten Morgen, Angelos. Es schaut so aus, als ob du heute ein richtiges Rührei bekommst", sagte Levi.

„Dann hole ich schon mal die Kettensäge!"

Kaum ausgesprochen, krachte ihm ein Ei gegen die Stirn. Angelos wischte sich die Sauerei aus dem Gesicht und umarmte Khaled von hinten.

„Entschuldige, mein Prinz. Ich sollte mich freuen, dass du es probierst. Sei nicht böse!"

Khaled knurrte, aber nur so lange, bis Angelos ihm über die Ohren leckte.

„Himmel! Dich müsste man einsperren!"

„Bitte nicht. Ich bekäme haufenweise Anträge", antwortete Angelos. Levi und Khaled lachten. Gabriel hingegen ging zum Fenster.

„Was hat er?", flüsterte Angelos Khaled ins Ohr.
„Du kannst fragen. Er hat ´ne Erektion, weil du in Shorts herumrennst. Tu nicht so, als ob du das nicht wüsstest. Also zieh dir etwas an!"
„Zu Befehl, mein Prinz", sagte Angelos und trollte sich.
Khaled sah Angelos hinterher und hatte selbst zu kämpfen. Und er weiß es genau, dachte Khaled. Und er ist meiner. Es bleibt ein Wunder.
Schon läutete es an der Türe.
Wie im Bahnhof, dachte Khaled.
Es war der Mann des griechischen Geheimdiensts, EYP, Loukas. Mitte dreißig, deutlich muskulöser als die beiden Israelis, was diese mit einem leichten Grinsen quittierten. Khaled wusste, was sie dachten: guten Agenten sollte man ihre Fähigkeiten nicht ansehen. Angelos war enttäuscht, weil Athen nicht seinen Freund Nikos geschickt hatte.
Aber dafür kann er nichts, dachte Angelos und beschloss, ihm eine Chance zu geben. Sie würden jeden Mann brauchen, denn: unter keinen Umständen würde die Angelegenheit problemlos über die Bühne gehen. Dessen war sich Angelos sicher.
„Na, wenn wir jetzt alle da sind, können wir ja mit der Besprechung beginnen", sagte Angelos.
„In welches der fünf Konferenzzimmer gehen wir?", fragte Levi mit einem breiten Grinsen.
„Soooo groß ist das Haus auch nicht", sagte Khaled.
„Er sagt noch immer ‚Haus' statt ‚Palast'!", antwortete Levi.

„Jetzt lasst Khaled endlich in Ruhe. Mir gefällt es mittlerweile gut!", sagte Angelos und Khaled war ihm sehr dankbar für die Klarstellung.

„Außerdem haben wir andere Dinge zu tun. Wo habt ihr eure Technik untergebracht?"

„Im ersten Zimmer im Untergeschoss", sagte Gabriel.

„Wichtigste Frage: Haben wir unten eine Espresso-Maschine?", fragte Angelos.

„Wir haben in jedem Zimmer eine", meinte Khaled und strahlte. „Ich kenne dich doch!"

„Gut. Dann schlage ich vor, Loukas, dass du schaust, was da ist und was du noch beisteuern kannst zur Technik!"

Gabriel und Levi lächelten.

„Ich denke, wir haben alles", sagte Gabriel.

Und so war es auch. Loukas kam kurz darauf wieder hoch und schüttelte nur mit dem Kopf.

„Das schaut ja aus wie Mission Control der NASA in Houston", meinte er.

„Auch recht. Aber vielleicht könntest du dennoch ein paar Geräte im Zimmer nebenan unterbringen?", fragte Angelos unschuldig.

Und Khaled begriff sofort, was dahintersteckte. Angelos spekulierte darauf, dass nach der Aktion Loukas einige Gerätschaften „vergessen" würde. Zwar hatte Angelos schon seine eigene Kommandozentrale mit Zugang zu den Datenbanken in Athen und bei Interpol und die Monitore der Kameraüberwachung auf der Insel.

Leider aber war alles in seinem früheren Zuhause bei Alex untergebracht. Und Angelos konnte es nicht abbauen – es wäre ein weiterer Schlag für

Alex gewesen und das wollte Angelos ihm nicht antun. Khaled küsste Angelos auf die Backe.

Du bist ein guter Mensch, dachte Khaled.

„Seltsamerweise hat mir der Chef gesagt, ich solle die Geräte dalassen, die du brauchst. Ich war ganz baff. Sonst muss ich für jede verlorene Wanze einen Riesenbericht schreiben", knurrte Loukas.

Ein Wink des Premierministers, dachte Khaled und grinste. Demokratien funktionieren doch genauso wie Emirate. Nur tun Emirate nicht so, als wären sie demokratisch.

Während Loukas mehrere Kisten ins Untergeschoss schleppte, brummte Gabriels Handy.

„Es geht los. Tel Aviv meint, die Yacht mit Blochin an Bord sollte loslegen. Es herrscht seltsam viel Verkehr und das ist ihnen nicht geheuer", sagte er nach dem kurzen Gespräch.

Vielleicht sind die Russen doch langsamer als wir annahmen, dachte Angelos.

Und genauso war es auch.

Die Verwirrung und Unsicherheit in Moskau hatten zu der verspäteten Reaktion geführt. Erst das Donnerwetter des Zaren ließ die Maschinerie in Gang kommen.

Geplant war, in der Ägäis zu „parken", um die Verfolger vorbeiziehen zu lassen. Tja, man weiß nie, wie der Gegner reagiert. Schon gar nicht, wenn mehrere Parteien beteiligt sind, dachte Angelos.

„Na, wenn Tel Aviv das meint", sagte Angelos.

„Keine Sorge, Angelos. Wir sind auf alles vorbereitet", meinte Levi. „Auf deiner Insel wird nichts passieren!"

„Genau das will ich. Keine Schießereien. Ankunft. Operation. Abfahrt. Außerdem möchte ich ausnahmsweise mal keine Kugel abbekommen. Und Khaled braucht dieses Erlebnis kein zweites Mal. Auch wenn er eine kugelsichere Weste getragen hat: angenehm sind Kugeln trotzdem nicht!"

Natürlich wussten Gabriel und Levi von den Schüssen im Hafen, die Khaled nur überlebte, weil Angelos ein Bauchgefühl hatte. Die Intuition eines Liebenden.

„Also, wann …", begann Angelos, als sein Handy brummte.

„Das gibt´s doch jetzt nicht", sagte er, nahm das Gespräch aber an.

„WAS BITTE?", sagte Angelos. Mehr sagte er bis zum Ende des Gesprächs nicht mehr.

Er schaute so konsterniert wie lange nicht mehr.

„Es gibt einen Toten in der Klinik", sagte Angelos.

„Das ist in einer Klinik doch nichts Ungewöhnliches", meinte Gabriel, noch gelassen.

„Ja, nun", begann Angelos:

„Aber der Tote heißt Blochin!"

15

Nun war es an den anderen, betreten dreinzuschauen. Gabriel begann zu stottern.

„A..aber, das ist nicht möglich", sagte er. „Er ist noch gar nicht hier!"

„Eben. Sonst hätte ich wohl kaum so dumm aus der Wäsche geschaut!"

„Das haben wir gleich. Ich rufe Tel Aviv an", sagte Levi.

„Besser wäre es, das Schiff zu kontaktieren", meinte Khaled – und hatte recht.

Mit jeder Zwischenstufe verändern sich Nachrichten.

An Bord der Yacht, die sich nun „Michigan Star" nannte – und dies seit erst 25 Minuten – war das Erstaunen nicht geringer. Zunächst darüber, dass es nicht Tel Aviv war, das anrief. Als Mosche, Ranghöchster Agent an Bord, die Nachricht hörte, hielt er sie für einen dummen Scherz.

„Ich kann dir versichern, dass Blochin lebt. Er sitzt unter Deck und schaut DVD", sagte er, nachdem er nach oben gegangen war.

Wer weiß, wie Blochin auf die Nachricht reagiert hätte, wäre ihm zu Ohren gekommen, er sei bereits verstorben.

„Wie auch immer. Der Tote kann nicht Blochin sein. Außerdem nähern wir uns bereits

Mykonos. Einen Abbruch kann nur der Chef verfügen!"

„Gut. Dann überprüfen wir zuerst, was in der Klinik eigentlich passiert ist", sagte Gabriel. Gespräch beendet.

„'Wir' überprüfen gar nichts", sagte Angelos. „Das wäre viel zu auffällig. Bei einem Todesfall kommen in der Regel ich und Alex. Ab jetzt kommen ich und Khaled. Wer könnte schon auf die Hilfe eines Oberstleutnants und Agenten verzichten?"

Angelos grinste Khaled an.

„Höre ich da etwa Ironie? Außerdem bin ich kein Spion", knurrte Khaled. Aber er freute sich, dass Angelos ihn mitnahm und nicht Alex. Angelos und Alex weiter als Ermittler-team zu sehen, bereitete Khaled Unbehagen. Nicht, dass Angelos fremdgehen würde, aber vielleicht könnte sich Alex nicht beherrschen. Diese Angst war ihm nun genommen.

„Aber wir könnten Mikros tragen, dann könntet ihr mithören", schlug Angelos vor.

„Da haben wir genau das Richtige", sagte Gabriel und kramte in seiner Tasche. Zum Vorschein kam ein kleines Kästchen mit noch kleinerem, fast nicht sichtbarem Inhalt.

„Was zum Teufel ist das?", fragte Khaled.

„Kehlkopfmikrofone", sagte Gabriel.

16

Dimitri Papandreu begrüßte die Herren frostig.
„Und wer sind Sie bitte?", raunzte er Khaled an.

„Das ist Khaled Nikakis, mein zukünftiger Ehemann und rechte Hand. Vom Bürgermeister eben eingestellt. Also von mir", antwortete Angelos frostig.

„Wie viele Ehemänner haben Sie denn?", stichelte Papandreu, der Angelos dessen Querschüsse vor Errichtung der Klinik noch nicht verziehen hatte.

„Das geht Sie gar nichts an. Hier gibt es einen Toten und den will ich jetzt sehen!"

„Ein natürlicher Tod", sagte Papandreu.

„Sagt ein Schönheitschirurg", ätzte Angelos.

„Diese Einschätzung sollten Sie uns überlassen!"

In seinem Ohrstöpsel hörte er Gabriel, Levi und Loukas lachen.

„Dich möchte nicht als Gegner haben", hörte Angelos Gabriel sagen.

Die Herren betraten das Zimmer des Verstorbenen.

„Name?", fragte Angelos.

„Andrei Blochin. Hat vorgestern eingecheckt", murmelte Papandreu.

„Und offensichtlich sofort wieder ausgecheckt. Wissen die anderen Patienten von dem Herrn?", fragte Angelos, um Papandreu deutlich zu machen, was er zu tun gedenkt, wenn der Herr Direktor sich nicht kooperativ zeigen würde.

Fünf Polizeiwagen mit Blaulicht und einen Leichenwagen vor dem Haupteingang.

„Um Gottes Willen. Und bitte behandeln Sie das Ganze diskret. In unserem Gewerbe ist negative Propaganda der sichere Tod!"

Angelos lächelte.

„Was sollte bei dem Herrn gerichtet werden?"

„Tränensäcke, Absaugen von Fett in den Wangen und am Bauch", antwortete Papandreu.

Das war dringend nötig, dachte Angelos, der kein Verständnis für Menschen hatte, die ihren Körper vernachlässigen.

„Was hat er da für einen Verband?", fragte Khaled und deutete auf Blochins Arm.

„Ich weiß es nicht. Ich bin nicht der behandelnde Arzt gewesen. Vielleicht hatte er ihn schon vorher!"

„Schere", sagte Angelos.

„Sie können doch nicht einfach …", protestierte Papandreu.

„Leichenwagen?", lautete Angelos´ Antwort.

Grummelnd reichte ihm Papandreu eine Schere.

Als der Verband entfernt war, ging Angelos möglichst nahe an die Wunde heran.

Papandreu blieb ruhig. Ein Bulle ist kein Mediziner.

„Das sieht mir nach einem Hautraspel aus", sagte Angelos.

Woher zum Teufel …

„Ich hatte einen Fall in Saloniki, bei dem die rumänische Mafia einem Abtrünnigen einige Informationen entlocken wollte. Da sahen die Wunden genauso aus. Wobei man dem armen Kerl selbst den Penis gehobelt hat", sagte Angelos. Bei dem Gedanken zuckten Khaled und Papandreu unwillkürlich zusammen.

„Wobei ich mich frage, wozu man einen Hautraspel einsetzt, wenn keine Haut transplantiert werden sollte?"

Dass der Vertuschungsversuch ein Schuss in den Ofen war, sah Papandreu nun ein.

Ich bin ein Idiot.

„Ich habe nicht die geringste Ahnung!"

„Ein medizinischer Direktor, der eine Behandlung in seiner eigenen Klinik nicht erklären kann?", stichelte Angelos.

„Khaled, schau dir mal die Wunde an. Was fällt dir auf?"

Oh je, dachte Khaled, Prüfung Nummer 1 als Hilfskommissar.

„Es ist kein Blut geflossen, der Verband ist wie neu. Außerdem gibt es keinerlei Bluterguss …"

„…obwohl jeder Patient in einem Krankenhaus eine Heparinspritze bekommt", ergänzte Angelos und zwinkerte mit dem Auge.

„Und das heißt?"

„Der Mann war schon tot?", sagte Khaled vorsichtig.

„Exakt. Eben der Hautraspel hat ihn nicht getötet. Man wollte etwas entfernen!" Wie kann man einem Menschen am Arm tödliche Verletzungen beibringen?", fragte Angelos und sah wieder Khaled an.

„Schlagader durchtrennen, aber das gäbe eine Riesensauerei. Und das Opfer wäre nicht sofort tot!"

„Und dann bleibt?"

„Eine tödliche Spritze. Und die Einstichstelle …"

„… sollte vertuscht werden", fügte Khaled hinzu.

„Und das bedeutet im Folgenden?", fragte Angelos.

„Na, eine Untersuchung der Leiche, eine ... wie heißt das ...äh, Obduktion", sagte Khaled.

Angelos lächelte und küsste Khaled.

„Es kommt ein Krankenwagen, der die Leiche abholt, Herr Direktor. Solange versiegele ich den Raum. Ferner bekomme ich die Kameraaufzeichnungen von gestern. Alle. Noch einen schönen Tag!"

Papandreu ging in sein Büro und griff zum Telefon. Er hatte Probleme, seinen Blutdruck unter Kontrolle zu halten.

„Das schwule Arschloch hat es gemerkt. Er weiß, dass es eine Verwechslung war!"

„Sie sind ein Vollidiot", lautete die Antwort.

„Und schaffen Sie den Hautraspel außer Haus!"

17

Als Angelos und Khaled den Flur in Richtung Ausgang gingen, hielt Angelos Khaled am Arm fest.

„Das war richtig gut, mein Prinz!"

„Danke. Ich hätte mich aber auch blamieren können", sagte Khaled.

Diese stechend grünen Augen, dachte Angelos. Kein Wunder, dass ich mich verliebt habe. Aber was sage ich Alex, wenn er fragt, warum ich ihn nicht dazu geholt habe? Soll ich ihm die Ermittlungen in Zukunft ganz überlassen und mich auf das Bürgermeisteramt zurückziehen? Nur: was mache ich mit Khaled. Er braucht eine Aufgabe. Jeder Mensch braucht etwas zu tun und vor allem die Anerkennung. Für die Beziehung war es sicher besser, fänden sie für Khaled ein anderes Betätigungsfeld, als den Hilfskommissar zu spielen, auch wenn er heute perfekt reagiert hat.

„Du hättest dich nicht blamiert. Das hätte ich nicht zugelassen. Außerdem war ich mir sicher, dass du eine gute Figur machst", sagte Angelos.

Sie gingen weiter und es kamen ihnen mehrere Patienten entgegen – im kliniktypischen Outfit – Turban mit Sehschlitz.

Plötzlich blieb Angelos stehen.

Nein, das kann nicht sein. Oder?

„Khaled. Könntest du vorgehen und kurz im Auto warten? Ich erkläre es dir später!"

„Ok".

Keine Nachfrage und Nachbohren? Soll ich mich darüber jetzt freuen oder mir Sorgen machen, dachte Angelos.

Er ging dem vermummten Mann nach, dessen Augen ihm irgendwie bekannt vorkamen. Und da es in der Klinik einen Mord gegeben hatte, war es nicht schlichte Neugierde, sondern ein Gebot der Ermittlungen.

Der Mann ging am Aufzug vorbei und benutzte die Treppe. Auch nicht gerade unverdächtig.

Angelos folgte ihm und sah, wie er mit einer Chipkarte die Tür zu seinem Zimmer öffnete.

Angelos ging bis vor die Türe und lauschte. Der Mann telefonierte.

Die Stimme. Er kannte diese … Natürlich!

Angelos grinste und sah keine zwei Meter entfernt einen Feuermelder.

Es war ihm eine diebische Freude, die Glasscheibe mit dem Ellenbogen einzuschlagen und den Knopf zu drücken.

Ohrenbetäubender Lärm.

Angelos drückte sich gegen die Wand. Die ersten Türen gingen auf, aber durch den Lärm nahmen die Menschen Angelos nicht bewusst wahr.

Dann ging „seine Türe" auf.

Erst schaute nur ein Turban heraus und dann entschloss sich der Zimmerinsasse offensichtlich den Alarm ernst zu nehmen.

Er trat aus dem Zimmer, aber Angelos stoppte ihn mit der Hand auf der Brust und schob ihn zurück.

„Nichts da, mein Freund!"

18

Angelos grinste breit.

„Ich hätte dich fast nicht erkannt!"

„Äh, ich kenne Sie nicht", sagte die vermummte Gestalt.

„Hör auf mit der Komödie oder muss ich erst den Turban abwickeln, Antonis?"

Der Mann sackte in sich zusammen.

„Was zum Teufel macht der Premierminister in einer Schönheitsklinik? Ich dachte, du musst ins Krankenhaus wegen der Prostata. Oder war es eine Penisverlängerung?", feixte Angelos.

„Dann hätte ich wohl keinen Verband am Kopf. Herrgott, da tue ich alles, damit es niemand erfährt und dann laufe ich ausgerechnet dir über den Weg", sagte Premierminister Migiakis.

„Du weißt, ich kann Geheimnisse für mich behalten", antwortete Angelos.

Was stimmte, denn das wichtigste Geheimnis des Regierungschefs war bisher unentdeckt geblieben.

„Also – was machst du hier?"

„Lider straffen, Tränensäcke weg und …"

„Berlusconi zwei? Eine laufende Ken-Puppe?", fragte Angelos.

„Ich bin nun mal keine dreißig mehr. Und auch du wirst im Alter nicht schöner", knurrte Migiakis.

„Ich bin auch mit sechzig noch schön", sagte Angelos mit unschuldigem Blick.

Migiakis lachte.

„Bescheiden wie immer. Also, was willst du? Ich muss noch eine Woche hierbleiben. Kann ich auf deine Verschwiegenheit zählen?"

„Es wird hinterher eh jeder sehen", entgegnete Angelos.

„Das sollen sie auch. Aber wissen sollen sie es nicht. Vielleicht war ich auf einer Kur oder habe die Ernährung umgestellt. Hauptsache, ich schaue gesünder und kraftstrotzend aus", sagte Migiakis nicht ganz ernst gemeint.

„Oh je. Dann solltest du noch ein paar Monate bleiben. Aber im Ernst: du weißt schon, dass der Überläufer hierherkommt. Schließlich warst du es, der mich angerufen hat!"

„Glaubst du im Ernst, ich kann mir bei fünfzig Telefonaten und zwanzig Terminen alles merken?"

„Vor allem ein Telefonat mit einem kleinen Bürgermeister aus der Ägäis", sagte Angelos grinsend.

„So hab ich es nicht gemeint. Das war diese Klinik und der kommt heute?", fragte Migiakis.

„Zwei Mal ja – zumindest ist es so geplant. Nur hat es leider einen Mord im Haus gegeben!"

„Einen Mord?? Hier?"

Migiakis schaute trotz Turban entsetzt aus.

„Ja. Was hast du als Security dabei?", fragte Angelos.

Migiakis lachte.

„Keine. Sonst hätte ich gleich eine Pressemeldung schreiben können. Ich habe nur eine Pistole dabei!"

„Äh – und hast du schon jemals geschossen?"

„Ja. Ich war schließlich beim Militär!" Etwas kleinlauter fügte er hinzu:

„Gut, das ist schon dreißig Jahre her!"

Angelos lachte.

„Außerdem, mein lieber Angelos, ist man als Gast in einer Diktatur immer sicher. Und diese Insel ist doch so etwas Ähnliches!"

„Ich wurde gewählt. Mit 93 Prozent!"

„Das wurde Kim-Il-Sung auch!"

„Neidisch?"

„Ein wenig schon", sagte Migiakis grinsend.

Angelos dachte nach.

„Hier kannst du nicht bleiben. Auch wenn der Gedanke, dich auf die Wartebank der Hölle sitzen zu sehen, etwas für sich hat!"

„Sehr witzig, Herr Bürgermeister. Mit Turban kann ich schlecht in ein Hotel umziehen!"

Nach drei Sekunden begriff Angelos, was das hieß.

„Oh Gott. Heißt, ich muss dich Gauner bei mir unterbringen!"

„Muss ich die Türe absperren?"

„Nein. Du bist mir zu alt. Pack deine Sachen, ohne dir in den Fuß zu schießen. In zehn Minuten bist du unten. Mit dem Direktor spreche ich", antwortete Angelos.

Na bravo. Noch ein Klotz am Bein.

Zehn Minuten später erschien der Premierminister und stieg in Angelos´ Auto.

Khaled schaute mehr als verdutzt.

„Das, mein lieber Khaled, ist der Premierminister. Und unterstehe dich, den Gauner Exzellenz zu nennen!"

„Ja, ja. Und dann holen wir noch Lady Gaga ab",
antwortete Khaled lachend, merkte aber an
Angelos´ Blick, dass es kein Scherz war.
„Wie halten Sie es nur mit diesem Kerl aus,
Königliche Hoheit?", fragte Migiakis.
„Ich bin keine Hoheit mehr und Angelos ist der
liebenswerteste Mensch der Welt", antwortete
Khaled.
Migiakis schaute, als wäre Khaled verrückt.
Angelos hingegen küsste Khaled.

In Ornos angekommen, staunte Migiakis.
„Das Ding ist ja drei Mal so groß wie meine Dienst-
villa. Jetzt weiß ich, was mit unseren Fördergeldern
passiert", stichelte er.
„Du musst dir nur einen reichen Ehemann
suchen", sagte Angelos grinsend.
„Khaled, geh bitte rein und sag den Herren in der
Küche, dass wir privaten Besuch haben und ihn im
Gästezimmer unterbringen. Wer es ist, geht sie
nichts an!"
Khaled tat wie geheißen.
„Dressiert?", fragte Migiakis.
„Nein. Besser. Verliebt", antwortete Angelos.
„Der arme Kerl!"
„Das habe ich jetzt überhört, sonst würde ich dich
auf Wasser und Brot setzen!"
Khaled pfiff. Die Luft war rein.
Angelos führte Migiakis ins Haus und zum
Gästezimmer.
„Espresso-Maschine, Mikrowelle und den Schrank
füllen wir dir mit Lebensmitteln auf. Wenn du
etwas brauchst, dann ruf mich an. Geh nicht
nach oben. Sonst weiß der Mossad, dass du hier

bist. Und dein eigener Geheimdienst – womit das ‚geheim' dann hinfällig wäre. Und keine Schießübungen durchs Fenster", sagte Angelos und ging nach oben.

„Wenn es nur mehr wie ihn gäbe", flüsterte Migiakis Khaled ins Ohr. „Aber sagen Sie es ihm nicht!"

„Es gibt nur einen. Und der gehört mir!", gab Khaled zurück.

19

Als Angelos die Küche betrat, grinsten ihn Gabriel, Levi und Loukas an.

„Was ist?", fragte Angelos.

„Also zu mir kommt der Premierminister nicht nach Hause", sagte Gabriel grinsend.

Auf Angelos´ erstauntes Gesicht hin sagte Levi nur zwei Worte.

„Das Mikrofon!"

Mist, dachte Angelos. Ich bin ein schöner Kommissar.

„Es ist ein Privatbesuch und hat mit unserem Fall nichts tun. Schwört mir, dass ihr auch euren Auftraggebern nichts sagt. Ich habe es ihm versprochen!", sagte Angelos.

„Im Übrigen sollten wir uns auf die Ankunft des russischen Pakets vorbereiten. Wir können ihn unmöglich sofort in die Klinik bringen. Das Opfer dort ist definitiv ermordet worden. Irgendeine Spritze mit tödlicher Substanz. Welche, erfahren wir erst nach der Obduktion, aber es spielt keine Rolle: es ist zu gefährlich, ihn in einem Haus unterzubringen, indem eventuell noch ein Mörder zugegen ist. Denn er wird schnell erfahren, dass es der falsche Blochin war. Und irgendwie hängt der Chefarzt mit drin, denn die Einstichstelle wurde beseitigt - mit Hilfe eines Hautraspels. Einem Gerät, dass es in jeder Schönheitsklinik gibt, weil man es für Transplantationen braucht. Ich glaube nicht, dass ein Mörder ein solches Gerät in seinem Werkzeugkoffer hat oder dass er es sich in der Klinik verliehen wird."

„Wenn der Chefarzt der Mörder war, können wir Blochin, also den richtigen, überhaupt nicht hinbringen. Dann können wir den ganzen Plan vergessen", sagte Levi genervt.

„Nein. Der Arzt war nicht der Täter. Er wäre nicht so dumm, eine Substanz per Injektion zu verab-reichen. Ein Arzt hat ganz andere Möglichkeiten. Über eine Infusion. Oder noch besser eine an sich harmlose Substanz in Überdosis!"

„Was soll das sein?", fragte Gabriel.

„Insulin zum Beispiel. Oder Botoxin. Beides harmlos, in hoher Konzentration aber tödlich. Dann wäre es erst bei der Obduktion herausgekommen und das auch nur bei einem erfahrenen Pathologen!" Khaled grinste.

Angelos meinte André, den Chefarzt der normalen Klinik, der kein gelernter Pathologe war und daher so manchen Mord übersehen hätte, wären nicht Angelos und Alex gewesen.

„Außerdem habe ich im Bett das hier gefunden", sagte Angelos und hob ein winziges Ding von der Größe eines 20-Cent-Stücks in die Höhe.

„Der Chefarzt war so mit seinem Hobel beschäftigt, dass er es nicht gesehen hat, weil es fast unter die Leiche gerutscht war.

„Ein kleiner Button. Mit einer Glühlampe darauf", sagte Gabriel nach Begutachtung.

„Und das ist das Parteiabzeichen der AKP von Herrn Erdogan", antwortete Angelos.

„Blochin hat sich gewehrt und dem Mörder das Ding vom Revers gerissen. In seiner Panik ist der wahrscheinlich aus dem Zimmer gestürmt. Jedenfalls gehörte der Mann sicher nicht zu einer Profitruppe. Ob die Männer im Hintergrund noch einmal einen solchen Trottel schicken, bezweifle ich. Das war ein Schnellschuss unmittelbar nach der Flucht. Die nächsten Maßnahmen werden besser geplant sein!"

Levi stöhnte. Nun meldete sich Loukas zu Wort.

„Was zum Teufel haben die Türken damit zu tun?"

„Na ja, er ist über die Türkei geflohen. Vielleicht haben sie etwas geahnt und gedacht, wir holen uns die Trophäe. Blochin ist begehrt", antwortete Angelos.

„Selbst wenn der Täter geflüchtet ist: solange die Rolle des Chefarztes nicht geklärt ist, können wir Blochin nicht dorthin bringen. Außerdem müssen wir Tel Aviv und die Amerikaner fragen, was wir tun sollen, jetzt, wo wir mit den Türken noch einen Gegner haben", jammerte Levi fast.

„Erstens werden wir Griechen mit den Türken schon fertig. Das ist unsere Angelegenheit", begann Angelos.

Was so nicht stimmte. Die letzten militärischen Konflikte mit der Türkei endeten mit einer griechischen Niederlage. Sowohl 1923, als man die heutige Westtürkei verlor, als auch 1974 auf Zypern. Aber beides wird schon in den Schulbüchern elegant umschifft.

„Und zweitens ziehen wir den Chefarzt aus dem Verkehr, solange Blochin in der Klinik ist. Die haben vierzehn Chirurgen, also muss ein anderer ran", fügte Angelos hinzu.

„Und wie willst du ihn ‚aus dem Verkehr ziehen'?", fragte Gabriel.

Khaled grinste und sagte:

„Ich nehme an, Angelos verhaftet ihn wegen Behinderung der Justiz. Dann sitzt der Chefarzt mindestens 48 Stunden. Ich vermute, das dann der Haftrichter plötzlich erkrankt und bis dann dessen Kollege auf Naxos übernimmt, gehen noch einmal ein paar Tage ins Land!"

Angelos lachte.

„Mein Prinz, du wirst ein hervorragender Kommissar werden!"

„Ganz legal ist das aber nicht", wandte Levi ein.

„Sagt jemand vom Mossad. Ich lach´ mich tot", antwortete Angelos.

„Und wohin soll Blochin? Und für wie lange?", fragte Gabriel.

„Wir müssen alle, die in der Klinik arbeiten, durchleuchten und natürlich die Gäste, die nach Blochins Flucht eingecheckt haben. Mit eurer Hilfe dauert das zwei Tage. Das Schiff soll ihn nach

Kalafati bringen. Von dort sind es 300 Meter bis zu den ,Villas'. Das sind fünf Villen, die relativ leicht zu bewachen sind. Und über eine Komplettüberwachung verfügen! Kameras, Bewegungsmelder und so weiter", sagte Angelos.

„Das muss Tel Aviv genehmigen. Und die müssen die Amerikaner fragen. Schließlich ist es deren Überläufer", entgegnete Levi.

„Nein. Im Moment ist es unser Überläufer. Und wenn ihr meint, noch fünfzig weitere Personen über dessen Aufenthaltsort zu informieren, dann habt ihr bald einen toten Überläufer", raunzte Angelos.

„Außerdem sind wir in Griechenland und der Premierminister liegt einen Stock tiefer. Wollen wir ihn fragen?"

Khaled musste grinsen.

In Wirklichkeit meinte Angelos: Ihr seid auf MEINER Insel und hier wird nach meinen Regeln gespielt.

„Khaled, vielleicht könntest du deine Yacht für den Notfall nach Kalafati bringen. Wird es brenzlig, ist ein Boot leichter zu verteidigen als ein Versteck an Land", schlug Angelos vor.

Khaled verzog das Gesicht.

„Was ist?", fragte Angelos.

„Es ist unsere Yacht, unser Jet und dies ist unser Haus. Hör auf, immer so zu tun, als hättest du damit nichts zu schaffen", knurrte Khaled.

Oh je, Ehekrise, dachte Gabriel.

Er hat recht, dachte Angelos. Er umarmte Khaled von hinten und sagte leise in dessen Ohr:

„Verzeih, du hast recht. Ich werde aufpassen, was ich sage. Ich muss mich erst daran gewöhnen, ein

Flugzeug, eine Yacht und einen Palast zu besitzen, zusammen mit dir!"

„Schön, dass du es einsiehst und unterstehe dich mir jetzt die Ohren zu lecken, denn das machst du ….Himmel! Hör auf", sagte Khaled, meinte es aber nicht so.

Drei Sekunden später musste Khaled den Raum verlassen, da er im Unterleibsbereich eine unvorhergesehene Schwellung erlitten hatte.

Gabriel. Levi und Loukas lachten.

„Bei mir funktioniert das aber nicht", sagte Levi zu Angelos.

„Bei mir schon", fügte Gabriel leise hinzu.

„Zurück zum Thema. Du informierst uns vorher über jeden deiner Schritte", sagte Gabriel, dem anzumerken war, dass er alles gut finden würde, was immer Angelos auch vorschlagen würde.

Noch einer, der sich verliebt hatte, dachte Khaled, der sich zwischenzeitlich wieder beruhigt hatte, machte sich aber keine Sorgen. Angelos liebt mich und ich vertraue ihm rundweg.

Khaled fand Angelos´ Plan vernünftig und besonders der Programmpunkt „Villas" gefiel ihm sehr.

Dort hatten sich Khaled und Angelos kennengelernt. Der Tag, der mein Leben veränderte, dachte Khaled.

Dort haben wir uns das erste Mal geküsst.

Dort haben wir zum ersten Mal miteinander geschlafen.

Angelos ging wieder zu Khaled und lächelte ihn an:

„Du hast doch nichts gegen einen nostalgischen Abend mit dem Wiederholungsprogramm von damals?", fragte er.

„Bestimmt nicht. Es war der schönste Abend meines Lebens. Mir wäre es nur lieber, wir hätten nicht die ganze Entourage dabei. Zuletzt stören die uns noch", antwortete Khaled.

Und Angelos lachte.

20

Michigan Star

Die „Michigan Star" wurde zum letzten Male umbenannt. Auf dem Display stand jetzt „Julia 12". Um eine sofortige Aufdeckung des Fakes zu vermeiden, wurden nur Namen verwandt, die es im Schiffsregister tatsächlich gab und die dem tatsächlich gesichteten Boot zumindest stark ähnelten. Die Flagge blieb amerikanisch, denn dies versprach mehr Sicherheit. Russen wie Türken hätten keine Skrupel ein panamaisches Schiff zu entern.

Bei einer US-Flagge aber drohte ein diploma-tischer Eklat, den man zumindest auf Verdacht nicht riskieren wollte. Wären sich die Russen sicher gewesen, dass sich Blochin definitiv auf diesem Boot befand, hätten sie wahrscheinlich die Chuzpe besessen – aber sie hatten keine Ahnung. Gerade in der Ägäis sind unzählige Schiffe unterwegs. Die Seestraße zu den Häfen Rafina und Piräus zählt zu den dichtbefahrensten der Meere. Hinzu kommen die Reichen, die in großer Zahl – trotz mangelnder Kenntnisse – mit ihren Yachten durch die Ägäis schippern. Allerdings dürften mittlerweile Satelliten und Drohnen den Verkehr nach Mykonos genau überwachen. Und mit jeder Seemeile näher, fielen wieder Schiffe durch das Raster. Zu klein, nach Süden oder Norden abdrehend. Nur Richtung Westen konnte es nach Mykonos gehen.

Wir müssen nur schneller sein, dachte Mosche, Agent 1, an Bord. Sie würden achtsam sein müssen. Nicht einfach, denn seit dem Ablegen in Beirut – einen israelischen Hafen wollte man vermeiden – waren schon sechs Tage vergangen. Die Enge nervte. Zwar hielt sich der „Meltemi", der stramme Nordwind in der Ägäis, momentan zurück, dennoch war jetzt im eher offenen Meer der Wellengang stärker.

Agent 1 war in Beerscheba geboren und damit im Prinzip Landei. Ihn nervte vor allem, dass Blochin keinerlei Anzeichen von Seekrankheit zeigte.

Kein Wunder, dachte Agent 1. Mit einer halben Flasche Wodka am Tag wäre mir auch nicht mehr flau.

Er ging unter Deck, wo Blochin sich gerade mit größtem Vergnügen irgendeinen Schwachsinn auf Netflix ansah.

Das würde seine neue Welt werden. Noch immer wunderte sich Agent 1, dass dieser alte Mann, er war immerhin Anfang vierzig, besser sein sollte als die gesammelten Nerds in Silicon Valley, Indien oder China.

Die Amerikaner hatten zugesagt, dass Israel vollumfänglich einbezogen würde.

Das war auch dringend nötig, angesichts der neuen Bedrohungen.

Der Iran und sein Atomprogramm.

Tja – und ob die Saudis nicht auch danach strebten, war unklar. In einem Punkt war man sich In Tel Aviv einig. Gegen die Saudis würde Blochin nicht eingesetzt, denn das Regime in Riad war ein „stabiler Faktor".

Ein Witz, dachte Agent 1. Zwölf Attentäter des 11. September waren Saudis und militante Islamisten auf der ganzen Welt trugen den Sticker „Sponsored by Riad".

Aber zumindest gegen den Iran, Syrien und auch bedingt gegen die Türken – da würde Langley kooperativ sein. Um die Saudis kümmern wir uns selbst, dachte Agent 1. Gerade in seiner Heimatstadt saß die Cyberabteilung der Israelis. Nein. Korrekt müsste es „verbuddelt" heißen, denn die acht Stockwerke waren nach unten gebaut worden.

Noch sechzig Seemeilen. Bei 15 Knoten, denn zu schnell dürfen wir nicht sein.

Hieß: noch vier Stunden bis Mykonos.

Sein Handy brummte, was Agent 1 nicht gefiel. Entweder war es Tel Aviv oder Mykonos. Beides bedeutete sicherlich Planänderung oder zusätzlichen Ärger.

Es sollte beides werden.

„Levi? Was gibt´s?"

In den folgenden zwei Minuten tippte Agent 1 auf seinen digitalen Karten herum.

„Kala..was?"

„Kalafati. Im Südosten. Ich hab´s!"

Er hatte sich schon gedacht, dass der Hafen wohl zu auffällig gewesen wäre.

„Paketübergabe voraussichtlich 1600. Gewitter zu erwarten?", fragte er.

Gewitter hieß: Störungen durch Dritte.

Die Antwort gefiel Agent 1 gar nicht.

„Hör mal, da ist kein Pier, keine Anlegestelle", sagte er zu Levi, „laut Display müssen wir 300 Meter außerhalb Ankern!"

„Nein, du Doofkopf. Mir geht´s nicht um nasse Füße. Aber schwimmend oder im Wasser gehend, bietet man ein hervorragendes Ziel", knurrte er.

„Ihr sichert uns ab? Na, das will ich auch hoffen, sonst macht euch der Alte einen Kopf kürzer. Ich sehe auf der Karte mehrere Hügel rechts und links der Bucht. Ideal für Scharfschützen. Habt ihr genügend Leute dafür?", fragte Agent 1.

Auch diese Antwort gefiel ihm nicht.

„FÜNF???!"

Agent 1 resignierte.

„Verstanden. Nächster Kontakt 1545. Ende!"

Er fluchte.

Hoffentlich konnte Blochin schwimmen.

Vor allem mit einer schusssicheren Weste.

Er wird viel Wasser schlucken.

Das wiederum gefiel Agent 1.

Das schöne Leben will erarbeitet werden.

21

Angelos wollte sich vor dem Einsatz noch von Migiakis verabschieden.

„Ich hätte nie gedacht, dass ich das einmal sage, aber pass auf dich auf. Du würdest mir fehlen", sagte PM Antonis Migiakis.

„Vor allem, weil – wenn ich sterbe – bekannt werden würde, dass du hier bist. Man würde fragen, zu welchem Zweck!"

Angelos grinste.

„Aber trotzdem danke", sagte er.

Als er wieder im Flur, nein, falsches Wort, in der Eingangshalle angekommen war, stand er einer seltsamen Gruppe gegenüber.

Drei Männer in schwarzen Overalls mit Bewaffnung. Und Khaled. Mit nichts bekleidet als einem engen T-Shirt und einem noch engeren Badeshorts.

Selbst ein intelligenter Mensch kann manchmal seinen Trieben erliegen und zum Tier werden.

Angelos hätte brüllen können, so aufreizend sah Khaled aus.

Dieser Körper, mit dem Alabasterhintern, den Muskeln am richtigen Platz und das breite Lächeln.

„Falls ich es vergessen haben sollte, jetzt weiß ich wieder, wofür ich mein altes Leben fortgeworfen habe", sagte Angelos, der sich nur knapp beherrschen konnte." Du siehst …"

Und wie ein 15-jähriger, der unter Alkoholeinfluss anfängt zu fummeln, konnte er sich nicht beherrschen und ließ seine Hand in die Shorts gleiten.

„Ähem", machte sich Loukas bemerkbar.

Erst da legte sich Angelos´ kurzzeitiger Hormonrausch.

Khaled musste lachen – und freute sich. Nun sahen auch die anderen, dass es nicht so war, dass er einseitig Angelos verfallen war.

Es beruhte offensichtlich auf Gegenseitigkeit.

„Warum hast du Shorts an?", fragte Angelos, um die etwas peinliche Stille zu unterbrechen.

„Sollte ich nicht UNSERE Yacht nach Kalafati bringen? Ein Stück muss ich schwimmen, also was zieht man da an?"

22

Tel Aviv

Der Alte war Yosse Cohen und war gar nicht alt. Gerade mal fünfzig. Er hatte weder die glorreichen Zeiten des Dienstes erlebt noch die schwierigeren während der Intifada. Aber er war seit nunmehr zehn Jahren Direktor und in der Zeit führte er ein eisernes Regiment, das in einem Geheimdienst wohl vonnöten ist. Er vertraute niemand. Was ihm die Mitarbeiter dennoch hoch anrechneten, war der Umstand, dass er sich bei jeder öffentlichen Attacke immer vor seine Mitarbeiter stellte, auch dann, wenn sie objektiv gesehen Mist gebaut hatten.

Und makellos war die Bilanz des Dienstes in den letzten Jahren nicht.

Den Jungen fehlt die Erfahrung des Existenzkampfes und der Kriege. Die machten die früheren Jahrgänge kompromisslos und hart, dachte er, vergessend, dass auch er nicht dieser glorreichen Zeit entstammte.

Cohen seufzte und zündete sich die nächste Zigarette an. Er produzierte mehr Qualm als ein Kohlekraftwerk, sagte einmal ein israelischer Premier.

Sein Gegenüber Ben Sahar war passionierter Nichtraucher und aus diesem Grund blies ihm Cohen den Rauch mitten ins Gesicht.

„Ich höre, dass es auf Mykonos Schwierigkeiten gibt. Ich brauche dir nicht zu sagen, wie wichtig es ist, dass wir das Paket den Amis unversehrt zustellen. Wir dürfen uns nicht blamieren. Nicht vor den Amerikanern. Außerdem brauchen wir dieses Ekelpaket Blochin, weil er Fertigkeiten besitzt, die wir noch nicht haben!"

Was Cohen furchtbar ärgerte. Wir sind alle träge geworden in diesem Land und werden dafür einen hohen Preis zahlen, dachte er.

„Wir haben alles im Griff. Das Paket kommt in zwei Stunden an, wird in die Klinik gebracht und nach drei Tagen geht es weiter!"

„Ich hätte ihn sofort weitergeschafft", knurrte Cohen.

Du bist auch von vorgestern, dachte Ben Sahar.

„Es war eine seiner Bedingungen. Er weiß besser als jeder andere, dass die Gesichtserkennung heutzutage auf falsche Bärte und sonstige Camouflage nicht mehr hereinfällt. Es werden über Hundert Abstände im Gesicht …"

„Ich weiß, wie das Programm funktioniert", bellte der Israeli.

Er blätterte in der Akte. Mordechai hasste Computer und bestand in der oberen Etage auf der ausschließlichen Verwendung von Papier. Die effektivste Sicherheitsmaßnahme.

„Ich sehe, du hast Levi und Gabriel ausgewählt! Levi kann ich nachvollziehen, aber warum Gabriel? Er ist sehr jung und hatte nur wenige Einsätze."

„Es werden nicht mehr Einsätze, wenn er nur hier sitzt", lautete Sahars etwas nassforsche Antwort. „Außerdem ist er schwul."

„Was bitte hat das mit dem Einsatz zu tun?"

„Die zwei griechischen Herren sind schwul und ich dachte mir, dass er vielleicht etwas Zwietracht säen könnte. Wir dürfen den Griechen nicht die Leitung dieser Operation anvertrauen. Die können so etwas nicht!"

Cohen schaute Ben Sahar fassungslos an.

„Sind Sie noch bei Trost? Das sind unsere Verbündete. Und außerdem waren weder Levi noch Gabriel jemals auf Mykonos. Wer außer den Griechen besitzt die nötige Ortskenntnis, Sie Held? Ich höre!"

„Niemand!"

Mordechai stand auf und ging zum Fenster. Höchste Alarmstufe.

„Ich habe letzte Woche mit dem Premier gesprochen. Sie wissen, dass wir kurz vor dem Abschluss eines Gasvertrages mit Griechenland stehen. Eine Pipeline von unseren Offshore-Feldern über Zypern nach Griechenland. Der letzte Zeitpunkt, zu dem wir Ärger mit Athen brauchen. Zudem sind die zwei Griechen meines Wissens ein Herr Nikakis und sein Partner, und der ist gar kein Grieche, sondern der ehemalige Kronprinz von Fudscheirah, Khaled al-Mussawi. Den ich sogar persönlich kenne, falls Sie das nicht wussten!"

Sahar wusste es nicht.

„Ich habe mit Athen vor ein paar Tagen telefoniert. Mit deren Premier. Und Migiakis sagte mir, dass er Nikakis mit vier Worten beschreiben würde: Lästig, gerissen, intelligent und unbestechlich. Eigenschaften, die ich mir bei jedem meiner Leute wünschen würde. Er meinte ferner, dass er Nikakis jede Aufgabe übertragen könnte und würde. Auch wenn er verschlagen ist!

Und seine Akte hat mir außerordentlich gefallen. Über Khaled brauchen wir auch nicht diskutieren. Der war Oberstleutnant, und zwar nicht nur zur Dekoration. Sie überlassen die Angelegenheit den Griechen. Ergibt sich eine neue Situation, kontaktieren Sie mich zuerst. Verstanden? Denn geht etwas schief, muss ich nach Jerusalem und nicht Sie", raunzte Cohen.

„Und pfeifen Sie Gabriel zurück. Der soll seine Neigungen hier in Tel Aviv am Strand ausleben. Da hat er genug zu tun!"

„Dafür ist es, glaube ich, schon zu spät", sagte Sahar kleinlaut.

„Wieso? Er hat doch hoffentlich keinen der Zwei angebaggert?"

„Äh. Nein. Er hat das Programm etwas geändert!"

„Inwiefern verändert?"

„Gabriel hat sich verliebt", sagte Sahar leise. Cohen begann zu lachen.

„In wen?", fragte er belustigt.

„Nikakis!"

„Dann sagen Sie ihm, er kann ihn anhimmeln. Bitteschön. Wenn er ihn anfasst, hacke ich ihm persönlich die Hände ab. Die Zunge bleibt im Mund und die Hosen oben. Das ist ein Befehl. Verstanden?"

Ben Sahar nickte.

23

„Action", sagte Angelos und das Team brach auf.

Als sie die Villa verließen, wollte Angelos zum Wagen laufen, aber Khaled hielt ihn fest.

„Nicht der, sondern der da drüben", sagte er und deutete auf ein etwas größeres Fahrzeug.

„Was zum Teufel ist das?", fragte Angelos.

„Das ist ein Mercedes …"

„… GLB, das seh´ ich selber", ergänzte Angelos. „Ich meine, was macht er hier?"

„Äh, nun, Raschid, mein Bruder, möchte – wie du weißt - nicht, dass ich in das Emirat zurückkehre. Also musste er mir wohl oder übel meine persönlichen Sachen schicken", antwortete Khaled.

„Das nennst du eine ‚persönliche Sache'? Was kommt denn noch? Steht morgen eine 747 im Hof?"

„Aber nein, die Gulfstream reicht uns doch, oder?"

Angelos schüttelte nur den Kopf.

„Und bestimmt hat das Ding tausend Extras!"

„Eigentlich nicht. Außer, dass er 340 PS hat, aber die braucht er auch, denn er ist gepanzert und kugelsicher", sagte Khaled.

„Grundausstattung jedes Bürgermeisters", spottete Angelos.

„Du vergisst, dass auf mich schon geschossen wurde. Außerdem geht es auch um deine Sicherheit", konterte Khaled.

Angelos ging zu Khaled und küsste ihn.

„Verzeih´, du hast recht. Du musst nicht wegen mir alle Dinge aufgeben, an die du gewöhnt bist. Vielleicht warnst du mich in Zukunft vor …, dann schaffe ich es eventuell, vor dem Sprechen nachzudenken!" Und nach einer Sekunde fügte Angelos hinzu:

„Ich befürchte, dass du schon vor der Hochzeit die Schnauze voll hast von mir", sagte Angelos etwas kleinlaut.

„Da mach dir mal keine Hoffnungen. Es ist genauso, wie ich es wollte. Und ich bin rundum glücklich. Du etwa nicht?", fragte Khaled etwas ängstlich.

„Musst du das fragen? Wahrscheinlich. Ich sage es wohl zu wenig. Begriffen. Und ich bereue keine Minute. Beruhigt dich das?"

„Oh ja. Und jetzt fährt der Herr Bürgermeister mich bitte zum Hafen. Ich soll ja unsere Yacht nach Kalafati bringen!"

„Genau. Wir fahren mit UNSEREM GLB zum Hafen, um dich auf UNSERE Yacht zu bringen. War es so richtig?", fragte Angelos.

Khaled strahlte.

„Das war perfekt!"

„Ich kann dir aber nicht versprechen, dass ich nicht während der Fahrt über dich herfalle. Diese Shorts sind eine Frechheit", sagte Angelos.

„Hast du gerade geknurrt?", fragte Khaled.

„Beim Knurren wird´s nicht bleiben!"

„Dann habe ich das richtige Outfit gewählt", antwortete Khaled lachend. „Die Scheiben sind blickdicht, die Frontscheibe auf Knopfdruck!"

„Und wie viele knackige Jungs durften hier schon mitfahren?", hakte Angelos nach.

„Du bist der erste und das weißt du!"
Und das glaube ich dir, dachte Angelos.
Plötzlich hörten Angelos und Khaled eine Stimme:
„Wir möchten euch ungerne beim Sex zuhören.
Außerdem haben wir einen Einsatz, zum Donner-
wetter!"
Die Mikrofone. Schon wieder.
„Heute Abend werden sie zertreten", sagte
Khaled.

24

Um 1545 erhielt Levi den letzten Anruf des
Schiffs mit dem (neuen) Namen „Alamo".
„Paketabgabe 1603", lautete die knappe
Nachricht.
„Showtime", meinte Gabriel.
„Ok, Loukas sichert Richtung Buchtende. Dort
geht es nicht weiter, also reicht ein Mann. Ich
sichere zusammen mit Gabriel die Straße ab.
Khaled überwacht von der Yacht aus die See und
die Hügel, ob sich dort etwas tut. Scharfschützen
haben dort keinerlei Deckung, also kann
eigentlich nichts passieren", verteilte Angelos die
Aufgaben.
Es war letztlich 1604, als die Yacht mit Blochin an
Bord in die Bucht einfuhr. Eine halbe Seemeile
dahinter war Khaled zu sehen.

Und an Border der „Alamo" verlor man keine Zeit. Kaum verlangsamte die Yacht die Geschwindigkeit, wendete und stoppte.

Zeitgleich sprangen zwei Männer ins Wasser. ein Dritter benutzte die Treppe an Steuerbord.

Es war unschwer zu erraten, wer sich für die Leiter entschieden hatte.

Blochin war Computer-Freak. In der Regel besitzen diese Menschen alles, nur keine körperliche Fitness. Den obligatorischen Fitnesstest für alle Geheimdienstmitarbeiter bestand Blochin zwar jedes Jahr mit Bravour – aber nur, indem er die Ergebnisse im internen Netzwerk fälschte.

Ein Kinderspiel. Wer die Firewalls und sonstige Shields der NSA und des britischen GCHQ überwindet, der hat für das Netz der internen Sportabteilung in Moskau nur ein Lächeln übrig. Aber Blochin hatte nicht damit gerechnet, bei seiner Flucht sportliche Höchstleistungen erbringen zu müssen. Und Schwimmen mit schusssicherer Weste wäre auch für erfahrene Wassersportler eine Herausforderung, weil die Weste ihren Schwerpunkt oben hat und der Schwimmer dadurch nach vorne kippt.

Man hatte es ihm eingeschärft, schließlich sollte das Paket nicht auf dem Meeresboden landen.

In der Praxis jedoch hatte Blochin erhebliche Probleme und schluckte eine veritable Menge Wasser, zumal auch das Meer kabbelig war.

„Der sauft uns ab", sagte Gabriel zu Angelos nach einem Blick durch das Fernglas.

Aber die zwei Männer der Besatzung, die schon weit vor Blochin lagen, bemerkten dessen Not und schwammen zurück.

Sie zogen Blochin bis zu der Stelle, an der man festen Boden unter den Füßen hatte.

Das Paket kulchte heftig und war sichtlich froh, an Land zu sein.

Man verlor keine Zeit. Levi übernahm mit einem knappen Nicken Blochin und schon waren die Männer vom Schiff wieder auf dem Rückweg. Zwischenzeitlich zogen sich Gabriel, Angelos und Loukas wieder von ihren Posten zurück und bildeten einen lebenden Schutzwall um Blochin. Die Gruppe bewegte sich in Richtung Eingang der „Villas".

„Ich gehe mit Gabriel vor", sagte Angelos und die beiden sicherten die letzten Meter zur Deponie des Pakets.

Hier passiert nichts. Vielleicht war der Mord in der Klinik doch nur ein dummer Zufall.

„Ok, hier gibt´s eine kleine Planänderung. Sie wohnen nicht in einer der Villen, sondern im Personalhaus", sagte Angelos zu Blochin.

„Nicht ganz so komfortabel, aber dafür sicherer. Das Personal wohnt dafür eine Nacht in Villa drei!" Levi wollte protestieren, sah aber ein, dass dies keine schlechte Idee war, zumal das Personalhaus zwischen ihren Villen, Villa 1 und 2, lag.

„Ihr drei bringt Blochin in sein Quartier und bezieht dann Villa 2. Ich hole Khaled vom Strand. Wir sind dann in Villa 1. Für die Nachtwache schlage ich vor, dass ihr bis 20 Uhr übernehmt. Khaled und ich bis Mitternacht. Danach wieder ihr und so weiter bis 10.00 Uhr. Danach geht´s in die Klinik!"

„Außer Tel Aviv möchte es anders", sagte Levi.

Tel Aviv kann mich mal, dachte Angelos.

Mykonos will es so.

„Morgen früh fahren ich, Khaled und Loukas zur Klinik und sondieren die Lage. Vor zehn Uhr wäre es schwierig, weil dauernd Lieferfahrzeuge kommen. Später hätten wir Probleme mit den Badegästen. Einwände?"

Einwände gab es nicht.

„Wer holt das Equipment?", fragte Angelos.

„Das machen wir. Geh du mal zu deinem Khaled, aber denk an das Mikrofon", sagte Gabriel und lachte.

Am Strand wartete Khaled schon. Die jetzt nassen Shorts machten dessen Anblick noch schwieriger für Angelos.

„Das Ding ziehst du mir in der Öffentlichkeit nicht mehr an", sagte Angelos lachend.

25

Moskau-Podolsk

Die Stimmung in der Drohnenleitzentrale der russischen Armee war denkbar schlecht. Vor wenigen Tagen war der neueste Prototyp, die „Burevestnik", von der NATO im 007-Jargon „Skyfall" genannt, kurz nach dem Start explodiert.

Die sieben toten Soldaten am Boden spielten dabei keine Rolle. Menschenleben zählen in Russland nicht viel und bei Soldaten ist der vorzeitige Tod ohnehin Teil des Arbeitsvertrages.

Und garantiert hatte der tobende Präsident keine Sekunde an die Toten und deren Angehörige gedacht. Da die Nachricht durchgesickert war, stürzten sich die internationalen Medien auf das Ereignis, eine veritable Blamage für das „neue" und doch so alte Russland.

Gott sei Dank trug das Militär und deren Techniker die Verantwortung. Die Standpauke hätte ich gerne erlebt. Zum einen, weil es mich nicht getroffen hätte, zum anderen, weil das Verhältnis zwischen Geheimdienst und Armee notorisch schlecht ist. Die Armee hält den SWR für eine Ansammlung von Zivilisten, denen es an Disziplin und Vaterlandsliebe mangelt. Für den SWR war die Armee eine verkrustete Maschinerie voller Dummköpfe von gestern.

Die Stimmung war also schlecht, auch im Kontrollraum. Nowgorny gestattete sich beim Betreten ein süffisantes Lächeln. Das reichte.

„Die Aufnahmen der ‚Skat‘ über der Ägäis, bitte!" Die Freundlichkeit war für die Soldaten eine zusätzliche Qual.

Nowgorny hatte seinen Stellvertreter Podbolkski dabei, den Regionalchef für Südosteuropa. Spätestens nach dem Termin beim Präsidenten erkannte Nowgorny, dass er das brauchte, was man Exit-Strategie nennt. Einen zweiten Sündenbock.

„Gut. 1540. Wir haben noch etwas Zeit", sagte Nowgorny. „Und Glück mit dem Wetter!"

Es war nur leicht bewölkt, Und so konnte die Drohne hoch fliegen, was deren Entdeckung schwierig machte.

Die Konstrukteure sind schlicht zu blöd, den Lärm dieser Dinger in den Griff zu bekommen. Solange die Drohne wortwörtlich dröhnt, kann man sie auch gleich in leuchtendem Rot lackieren, dachte Nowgorny.

„Sie soll über dem Süden bleiben. Man wird nicht so dumm sein, und im Hafen anlanden", rief er dem Soldaten am Kontrollpanel zu.

„Haben Sie sich die Karte angesehen, Wladimir?"

„Natürlich. Das Naheliegendste wäre Kalafati, Kalo Livadi oder Lia. Leicht zu sichern und relativ nah an der Klinik", sagte Podbolski.

Der Wodka hat ihn doch noch nicht ganz verblöden lassen, dachte Nowgorny.

Um 1602 näherte sich ein Schiff vom offenen Meer her, gleichzeitig ein weiteres von Westen.

„Begleitschiff?", fragte Podbolski.

„Könnte nur privat sein. Es sieht auch wie eine Yacht aus", antwortete Nowgorny.

Kurz darauf drehte die „private" Yacht und fuhr parallel zum „Überläuferschiff" in die Bucht von Kalafati ein.

„Näher ran oder tiefer", rief Nowgorny.

„Mein Gott, wenn ich da an früher denke. Das ist wie Fernsehen heute", fügte er hinzu.

Alles weitere geschah in Windeseile.

„Der Letzte, der über die Treppe – das ist Blochin. Hundertprozentig. Ah, er kann wohl nicht schwimmen. Hoffentlich säuft er ab, das Schwein", sagte Nowgorny.

Aber dann sah er, dass die zwei anderen Blochin an den Strand schaffen.

„Podbolski, holen Sie den Strand von Kalawasauchimmer auf Ihrem Handy!"

Gespannt verfolgte Nowgorny den Weg der Gruppe, die nun aus fünf Mann bestand, denn zwei schwammen zum Boot zurück.

„Und? Sind es die ‚Mykonos Villas?", fragte er.

Die Gruppe war mittlerweile unter den Palmen und Büschen verschwunden.

„Ja", antwortete Podbolski.

Es wäre schön gewesen, auch noch zu erfahren, wie sie sich verteilten, aber ein russisches Sprichwort sagt:

Der Wolf findet das Schaf immer!

Aber es wird nicht sofort getötet, sofern machbar. Es landet in einem speziellen Grab.

Dem Verrätergrab.

26

Weißt du, dass ich diese Villa kaufen wollte?", fragte Khaled. „Aber man wollte sie partout nicht hergeben. Unverschämtheit. Schließlich war ich ein Prinz!"
Angelos musste lachen.

„Du bist doch noch immer einer. Wenn auch nur meiner!"

„Was mir vollkommen reicht. Ich … ich wollte das Haus kaufen, in dem wir uns zum ersten Male gesehen haben. Geküsst haben. Ehrlicherweise habe ich dich geküsst und du hast es geschehen lassen", sagte Khaled, als sich beide aufs Bett legten.

„Du hast beim Essen gemerkt, dass sich in mir irgendetwas gerührt hatte. Sonst hätte ich es niemals zugelassen. Aber mehr ging damals nicht. Ich wäre Alex untreu geworden und das konnte ich nicht. Ich hatte Angst um ihn. Nicht ganz zu Unrecht, wie wir jetzt wissen. Ich musste bei ihm bleiben, auch wenn mir langsam klarwurde, dass ich mich in dich verliebt hatte. Ich habe es bekämpft, mir nicht eingestanden, Bis zu dem Nachmittag auf der deiner Yacht. Da war mir klar, dass ich mich entscheiden muss. Letztlich war ich froh, als Alex fremdging. Es gab mir den Grund, den ich brauchte. Dadurch ging es schneller!"
Angelos drehte sich zu Khaled und sagte:
„Es tut mir leid, dass du solange warten musstest!"
Khaled lächelte.

„Ich hatte mich auf ein paar Jahre eingestellt. Umso überraschter war ich, als es nur ein paar

Monate gedauert hat. Und unglaublich glücklich!"

„Hat sich daran etwas geändert?", fragte
Angelos vorsichtig.

Khaled streichelte Angelos über den Kopf.

„Gar nichts. Es ist eher noch stärker geworden!"

„Ich bin manchmal etwas ruppig. Sag es mir bitte.
Ich möchte nicht, dass wir uns entfremden, weil
wir nicht genug miteinander reden", antwortete
Angelos.

„Mach dir keine Sorgen. Ich kritisiere dich nicht,
weil es nichts zu kritisieren gibt. Du hast zurück-
gesteckt, was das Haus anging. Und die Yacht!"

„Äh, und das Flugzeug", ergänzte Angelos
grinsend.

„Das auch. Du nimmst Rücksicht auf mich. Und ich
auf dich. Es ist alles perfekt, Herr Bürgermeister.
Oder sollte ich sagen ‚schönster Bürgermeister
Griechenlands?'"

Angelos verdrehte die Augen. Dieser dämliche
Wettbewerb, ausgerechnet in einer Frauenzeit-
schrift. Aber es brachte Geld. Geld, das er für die
Schule dringend brauchte.

„Schau nicht so. Der Titel gefällt dir. Du bist
nämlich eitel. Übrigens zu Recht", meinte Khaled
lächelnd.

„Du hast den Sexgott vergessen", sagte Angelos
mit Schmollgesicht.

„Und weil wir gerade beim Thema sind. Wir haben
noch eine Stunde bis zu unserer Schicht. Das wird
zwar etwas knapp, aber …"

„Das wird dann ein Quickie", antwortete Angelos
lachend und begann, Khaleds Bauch zu
streicheln.

Plötzlich bekam Angelos ein flaues Gefühl.

Nur Bruchteile einer Sekunde, bevor die Scheibe zersplitterte und die Kugeln das Mauerwerk neben dem Bett zersiebten, stieß er Khaled aus dem Bett. Angelos sprang über Khaled hinweg und knallte zuerst an die Wand unterhalb des Fensters und dann auf den Boden.

Der Lärm der automatischen Waffe war infernalisch und Angelos spürte, wie Mauerreste von der anderen Wand bis zu ihm auf den Rücken fielen. Er sah nach rechts zu Khaled und legte sich auf dessen Rücken.

Hoffentlich ändern sie nicht den Schusswinkel. Wären die beiden beim Sex bereits zwei Stufen weiter gewesen, hätte es Angelos zersiebt.

Dann verstummte die Automatikwaffe und man hörte Gegenfeuer. Gefolgt von einem dumpfen Schrei, der nichts anderes bedeuten konnte, als dass einer der Angreifer getroffen wurde. Angelos hörte Levi schreien.

„Alles in Ordnung, Khaled?"

„Nein. Du liegst auf mir und hast keine Erektion. Das gibt mir zu denken!"

Angelos prustete los.

Dann flog die Türe auf und Gabriel kam herein.

„Bei euch alles …, oh, Entschuldigung, ich, äh … "

Er blieb wie gelähmt stehen.

„Es ist nicht, was du denkst", sagte Angelos, der noch immer nackt auf Khaled lag.

„Äh, Gabriel. Wenn du uns kurz alleine lassen würdest, könnten wir uns etwas überziehen!"

Gabriel stürmte aus dem Zimmer.

„Ich glaube, das ‚Überziehen' hat er falsch verstanden", sagte Khaled.

„Außerdem dürfte er bei deinem Anblick einen Schock bekommen haben. Kaum in dich verliebt, sieht er dich nackt", fügte er hinzu.

„Aber schön, dass ich spüre, dass irgendetwas gegen meinen Hintern drückt. Dennoch sollten wir wohl zu den anderen!!"

„Schade eigentlich", sagte Angelos und rutschte von Khaled herunter.

Eine Minute später standen beide in Jeans vor der Türe.

27

Gabriel saß auf der niedrigen Mauer neben dem Weg und Levi lief zwischen den Büschen hin und her.

„Sie sind mit dem Auto geflohen, aber einer müsste hier herumliegen", sagte Levi.

Angelos nahm Gabriel die Taschenlampe ab und schloss sich Levi an.

„Pass auf. Der Bastard könnte sich totstellen", sagte Angelos.

„Das weiß ich selbst", knurrte Levi.

Nur wenige Sekunden später konnte man Angelos rufen hören.

„Hier drüben!"

Er erkannte sofort, dass der Mann keine Auskünfte mehr erteilen könnte. Die Kugel hatte ihn am Hals gestreift und die Halsschlagader getroffen. Er war sofort verblutet. Die Spuren der Fontäne waren am Busch daneben bis in ein Meter Höhe zu sehen.

Jetzt kam auch Loukas dazu.

„Wo zum Teufel warst du?", blaffte Angelos ihn an.

„Ich habe geschlafen, weil ich noch keine Schicht hatte. Was habt ihr beiden denn gemacht?", sagte er grinsend.

„Nichts. Wir kamen nicht dazu. Was ist mit Blochin?"

„Bei dem war ich gerade. Er hat gezittert wie Espenlaub. Und sich eingenässt. Ich habe ihn zum Duschen geschickt", antwortete Levi.

„Dann machen wir schnell eine Lagebesprechung bei uns", sagte Angelos. Auf dem Weg zur Villa legte er den Arm um Gabriel.

„Es tut mir leid, aber ich kann nicht", flüsterte Angelos ihm ins Ohr, gab ihm aber einen Kuss auf die Backe.

Khaled sah es und sagte leise zu Angelos, als dieser ins Haus kam:

„Du bist ein Teufel!"

„Ich bin nur ehrlich. Und der Kuss war eine Art Motivation", antwortete Angelos grinsend.

„Über die nächste Motivationsstufe will ich gar nicht erst nachdenken", knurrte Khaled leicht verstimmt.

„Würdest du mir das zutrauen?", fragte Angelos.

„Nein", presste Khaled heraus.

Als auch Gabriel endlich hereinkam, konnte das Debriefing beginnen.

Es war allen Beteiligten lieber, dass Blochin nicht dabei war. Zwar wusste auch er, dass es nicht bei dieser Attacke bleiben würde, aber Details würden ihn zusätzlich belasten.

Und Angelos wollte auch weiterhin eine klare Trennung. Hier das Objekt und dort die Truppe, die ihn beschützt.

„Woher zum Teufel wussten die, wo wir sind?", fragte er in die Runde.

„Na ja, Mykonos liegt auf der Hand. Die Polizei besteht aus zwei Mann, wenn auch zwei fähigen. Permanenter privater Schiffs- und Flugverkehr. Viel Gewusel. Hat man das begriffen, braucht man nur eine Drohne. Zwar sind die der Russen richtig laut, aber bei klarem Himmel können sie hoch fliegen", sagte Levi.

Und damit lag er richtig.

„Die Truppe kam per Boot. Am Hafen sind vierzehn Kameras und ich denke, das wissen die genau. Das System ist in Sekunden geknackt", fügte Angelos hinzu.

„Die Frage ist, ob wir hierbleiben. In die Klinik können wir ihn nicht bringen. Die ist nicht zu sichern. Nicht mit fünf Mann und Verstärkung aus Athen dauert sechs bis acht Stunden. Außerdem wollt ihr das sicher nicht, oder?"

Angelos´ Frage war mehr rhetorischer Natur. Nichts scheuen Agenten so sehr wie den Kontakt mit regulärer Polizei. Das wäre etwas komplett anderes als mit Angelos und Khaled.

„Die sollen es ruhig noch einmal versuchen. Einer weniger sind sie ja schon", sagte Gabriel.

Die „Motivation" hatte augenscheinlich funktioniert, dachte Khaled angesichts der forschen Aussagen Gabriels. Als Khaled zu Angelos hinsah, grinste der.

„Wir hatten nur Glück. Uns hätten sie fast erwischt", sagte Khaled.

„Bei was wissen wir", warf Gabriel ein.

Neidisch? wollte Khaled fragen, ließ es aber.

„Hier können wir nicht bleiben. Jetzt kennen sie die Örtlichkeiten genau. Am Boden ist immer etwas anderes als aus der Luft. Und das nächste Mal schießen sie sicher aus einer höheren Position oder gehen näher heran. Gut, sie haben einen Mann weniger, aber wir wissen nicht, ob das ihre Kampfkraft schwächt!"

Levi nickte.

„Du hast recht. Aber bei einer Verlegung gehen wir ein enormes Risiko ein!"

Verlegung. So spricht nur ein Soldat, dachte Khaled. Ich kenne das zur Genüge.

„Nicht, wenn wir eine unerwartete Route wählen", erwiderte Angelos.

„An was für ein Ziel denkst du?", fragte Gabriel. Irgendeines, wo du bestimmt wieder das Flirten anfängst, dachte Khaled. Ich bin tatsächlich eifersüchtig. Es war nur ein harmloser Schmatz auf die Backe. Lass dich nicht ablenken, Khaled. Du musst wachsam bleiben.

„Wir fahren nach Dragonisi", sagte Angelos.

„Und was ist das bitte?", fragte Loukas.

Das solltest du als Grieche wissen, dachte Angelos.

„Das Nichts. Eine unbewohnte Insel. Ein Kilometer südlich. Dort sind Höhlen, deren Eingänge leicht zu sichern sind. Die Überfahrt dauert zwei Minuten. Wenn wir Glück haben, erwischt uns die Drohne trotz Infrarot nicht", erklärte Angelos.

„Wir brauchen nur ein kleines Boot. Und der Surfershop am Strand hat eines! Der Besitzer wohnt in einem Haus gleich hinter den Villen!"

Levi nickte anerkennend. Das klang gut.

Mit Khaleds Yacht konnten sie nicht übersetzen, denn die Gewässer rund um Dragonisi waren zu flach.

„Dann kümmere ich mich sofort um das Boot", sagte Angelos und stand auf.

„Warte, du gehst nirgends allein hin", sagte Gabriel.

Angelos sah kurz zu Khaled, der fast unmerklich den Kopf schüttelte. Angelos lächelte und sagte stumm, nur mit den Lippen: Vertrau mir.

Als Angelos und Gabriel die Villa verlassen hatten, sagte Levi zu Khaled.

„Keine Sorge. Er ist nicht der Typ, der betrügt. Aber es gefällt ihm, wenn er bewundert wird. Was ich nicht schlimm finde!"

„Er ist nicht so selbstbewusst wie jeder glaubt. Er leidet an einem Trauma, dass er nur überlebt hat, weil er einen Panzerschutz um sich errichtet hat. Und jedes lobende Wort saugt er auf wie ein Schwamm. Aber nicht aus Arroganz oder Selbstgefälligkeit. Er wäre fast zugrunde gegangen", sagte Khaled.

„Er ist vergewaltigt worden, nicht wahr?", fragte Levi, obwohl er die Antwort schon kannte.

Doch Khaled war wie vom Donner gerührt.

„Wo..her w-weißt du? Das wissen nur fünf Menschen, dachte ich!"

Levi lächelte.

„Khaled, wir sind ein Geheimdienst. Wir müssen so etwas wissen. Es war Nikos vom griechischen Dienst, der es uns erzählt hat. Er hat aber Angelos nicht ‚verraten'. Er meinte es nur gut. War es so schlimm, wie die Akten vermuten lassen?"

„Es war ein Mehrfachvergewaltigung. Drei Männer. Mit Folter. Sein Ex-Mann – oder Noch-Mann – Alex hat zwei davon erschossen. Unter anderem deswegen mag ich ihn sehr!"

„Leidet Angelos noch immer darunter?", fragte Levi.

„Ein Leben reicht nicht, um diese Wunden zu heilen. Dafür, was passiert ist, ist es erstaunlich, was aus ihm geworden ist. Jedenfalls kein von Hass zerfressener Mensch, sondern extrem liebevoll. Sonst wäre ich ihm auch nicht so verfallen", erklärte Khaled, um nach einer kleinen Pause das Thema zu wechseln.

„Mir tut Gabriel leid. Er ist in derselben Lage wie ich vor ein paar Monaten. Ich habe mich vollkommen verloren. Du hast es ja in Israel miterlebt, wie beherrscht ich von dem Gedanken war, Angelos zu bekommen. Ich hatte Glück, dass meine Liebe erwidert wurde. Gabriel wird das Glück nicht haben. Hoffentlich verliebt er sich bald neu", sagte Khaled.

„Zuerst sollten wir alle erst einmal überleben", antwortete Levi.

Inzwischen war Loukas wieder zurück.

„Wo warst du?", fragte Levi.

„Nach Blochin schauen, aber das Zimmer ist leer", antwortete Loukas irritiert.

„Das passt schon. Ich habe ihn zu uns gebracht. Er ist in Villa zwei. Du könntest ihn holen, denn wir müssen in Kürze weg", sagte Levi.

„Mach´ ich!"

Kaum, dass die Türe ins Schloss gefallen war, sagte Khaled:

„Geh besser mit, Levi!"

Levi nickte.

Diese vier Worte sollten den Ablauf der Ereignisse verändern. Es wäre besser gewesen, Khaled hätte es nicht gesagt. Doch Angelos machte ihm später keine Vorwürfe – Khaled hatte ja keine Ahnung, was er letztendlich in Gang setzte.

Es war nur ein Bauchgefühl, dessen Ursprung er zunächst nicht erkennen konnte. Als es ihm dämmerte, war es schon zu spät. Zwar wäre ohnehin ein Mensch gestorben, aber so wurde es eine Tragödie.

28

Die Überfahrt nach Dragonisi war wenig komfortabel. Die insgesamt sechs Mann saßen dicht gedrängt und das Paket – Victor Blochin – war sichtlich erschüttert vom ersten Angriff.

Schöner SWR-Mitarbeiter, dachte Angelos. Ein Schreibtischtäter ohne jede Einsatzerfahrung. Und so hatte er seine Flucht sicher akribisch geplant, aber offensichtlich nicht einkalkuliert, dass ihm eventuell Kugeln um die Ohren fliegen könnten. Wobei ‚um die Ohren fliegen' übertrieben war. Denn der Angriff galt den Villen eins und zwei. Blochin saß im Personalgebäude und war sicher, er hörte die Schüsse lediglich.

Die See war relativ ruhig, dennoch schien Blochin nicht schiffstauglich. Er wurde zunehmend grüner im Gesicht. Angelos musste an Alex denken. Alexandros, ein Grieche, war noch empfindlicher als Blochin. Bei ihm reichte bloß der pure Anblick eines Bootes und er nahm eine giftgrüne Farbe an. Dabei stammte er von Mykonos und sein Großvater war Fischer, wie alle Insulaner – bevor sie herausfanden, dass das Ausnehmen von Touristen ungefährlicher war – und man dabei noch die Füße hochlegen konnte, dachte Angelos.

Als Bürgermeister konnte er Hoteliers nicht ausstehen. Sie interessiert nur der eigene Betrieb – um alles weitere sollte sich jemand anders kümmern, bevorzugt die Gemeinde.

Das Boot war bis auf wenige Meter an Dragonisi herangekommen. Wie erwartet lag die Insel in völliger Dunkelheit vor ihnen. Was hatten die Herren vom Hotelverband nicht alles versucht, um auch noch diese Insel zu vermarkten. Führungen, Ausflüge – die Höhlen des Eilands wären ein Riesengeschäft geworden, hätte der Bürgermeister nicht ein komplettes Bauverbot erlassen. Klingt bescheiden, doch darunter fiel auch der Bau einer Mole. Und ohne diese war ein Transport von Touristen nicht möglich. Sie hätten die letzten Meter schwimmen müssen und die Zahl derer, die es überhaupt noch gelernt haben, hat erschreckend abgenommen. Briten konnten es ohnehin kaum, bei den Deutschen war es noch etwas besser – und so blieb Dragonisi vom Touristenstrom unberührt.

Angelos steuerte das Boot zwischen den Klippen hindurch, wobei das Nachtsichtgerät etwas Hilfe bot, denn die See war wärmer als die Klippen und Felsen, die unter dem Wind deutlich abgekühlt hatten.

So blieb ihnen nur ein kurzer Marsch durch knietiefes Wasser und das schaffte selbst Blochin.

„Hier erfriere ich", jammerte er an Land.

„Hier ist es selbst bei starkem Wind zwanzig Grad wärmer als in Moskau. Außerdem ist Frieren angenehmer als Sterben, oder nicht?", knurrte Angelos.

Khaled lachte.

„Ich mache das Boot fest", sagte er.

Angelos nickte und ging voraus Richtung Höhlen.

Der Mond lieferte etwas Licht und so war es ein relativ harmloser Gang. Die erste und größte Höhle lag nur wenige Minuten entfernt.

„So, hier wären wir!"

Levi leuchtete ins Innere. Außen wollten sie Taschenlampen – oder neudeutsch Maglites – vermeiden, denn diese hätte man meilenweit sehen können.

„Das ist traumhaft schön. Ich würde es gerne bei Tag sehen", sagte er.

„Bei Sonnenaufgang wird es richtig romantisch". entgegnete Angelos.

„Und woher weißt du das?", fragte Khaled.

„Ich hatte schon einen Mann vor dir, vergessen?" Und so landete der Punkt „Sex in der Höhle" auf Khaleds Wunschliste.

„Loukas rechts, Gabriel links und Levi über dem Höhleneingang? Einverstanden? In einer Stunde lösen Khaled und ich euch ab! Bei dem Wind kühlt man schneller aus", sagte Angelos.

„Deswegen kuschelst du gleich mit Khaled", stichelte Gabriel.

„Na mit dem Russen bestimmt nicht. Wenn du brav auf deinen Posten gehst, wärme ich dich vielleicht später etwas", gab Angelos zurück.

In Lichtgeschwindigkeit war Gabriel auf seinem Posten.

„Was sagte ich gleich? Du bist ein Teufel!" Khaled schüttelte den Kopf.

„Aber ein gutaussehender", sagte Angelos und umarmte Khaled.

„Hör zu. Mach das Boot los und fahre zweihundert Meter weiter, hinter das nächste Riff", flüsterte Angelos ihm noch ins Ohr.

„Gründe bekomme ich wie immer nachgeliefert, oder täusche ich mich?"

Khaled schmunzelte.

„Schon mal negative Erfahrungen damit gemacht?", fragte Angelos.

Eigentlich nicht, dachte Khaled und trabte davon.

Natürlich blieb es nicht unbemerkt.

„Was hat er vor?", fragte Levi, als er sah, dass Khaled in Richtung Boot ging.

„Er dreht eine Kontrollrunde", antwortete Angelos lapidar.

Keine zehn Minuten später war Khaled zurück. Blochin lag zusammengekauert am Boden.

„Er schläft? Na, dann macht er uns wenigstens keine Scherereien. Er ist eine richtige Mimose. Es knallt zwei Häuser weiter und er nässt sich ein", knurrte Khaled.

„Langsam, mein Prinz. Ich glaube, er hat noch nie eine Waffe in der Hand gehalten. Dann ist das schon erschreckend, wenn es wirklich knallt. Und sag jetzt nicht, du hättest keine Angst gehabt", antwortete Angelos.

„Doch ich hatte Angst. Als du auf mir gelegen bist und keine Erektion hattest. DAS war beängstigend!"

Angelos lachte.

„Mein furchtloser General, halt, Oberstleutnant!"

„Außerdem bin ich der Meinung, Gabriel sollte eher nach draußen als nach drinnen schauen. Seine Blicke kleben an dir wie Honig!"

„Schlecht sieht er ja nicht aus", sagte Angelos, wohlwissend, dass Khaleds Blutdruck steigen würde.

Gabriel hatte einen makellosen Körper, schwarzes Haar und grüne Augen, Khaled nicht unähnlich, nur seine Gesichtszüge waren europäischer.

„Aber entspann´ dich. Ich war Alex nie untreu. Ich habe lediglich einmal einen anderen Mann geküsst, aber nur, weil ich Informationen brauchte!"

„Lass mich raten. Er war auch in dich verliebt und das hast du ausgenutzt!"

Ja. Das habe ich. Dimitri. Und der war erst knapp achtzehn, dachte Angelos – und erzählte es dann.

„Ich bin nicht stolz darauf, Khaled!"

„Was ist mit ihm passiert? Hat er einen anderen gefunden?"

Angelos wurde still.

„Er ist tot. Ermordet. Kurz nach dem Intermezzo", sagte Angelos kleinlaut.

„Wenn man sich mit dem Teufel einlässt", erwiderte Khaled.

Und zum ersten Mal wurde Angelos richtig wütend.

„Wenn ich der Teufel bin, verstehe ich nicht, warum du mir hinterhergerannt bist. Wäre ich der Teufel, hätte ich Alex UND dich betrogen. Habe ich aber nicht", sagte Angelos zunehmend lauter.

Stille.

„Gut. Ich bin eifersüchtig", gab Khaled zu.

„Mir wäre es sehr recht, wenn du Abstand zu Gabriel hieltest!"

„Wenn du dafür mit deinen Sprüchen aufhörst, gerne."

Stille.

„Unser erster Streit", sagte Khaled leise.

Stille.

Und Khaled wurde nervös. Ich bin zu weit gegangen. Er hat ja nicht mal richtig geflirtet. Und ich weiß, WARUM er die Bestätigung braucht.

„Es tut mir leid", sagte Khaled.

Hoffentlich steht er jetzt nicht auf und geht zu Gabriel, nur um mich zu bestrafen.

Aber das tat Angelos nicht. Er legte seine Hand in Khaleds Nacken und begann ihn zu kraulen.

„Nein. Ich stehe nicht auf und gehe nicht zu Gabriel", sagte er.

Khaled schaute konsterniert und Angelos lächelte.

„Dein Teufel kann Gedanken lesen", sagte er.

„Jetzt weiß ich auch, an wen er mich erinnert. Er sieht aus wie ‚Jagger' in … wie hieß der Film?"

„Yossi und Jagger'. Jetzt lach ich mich wirklich tot. Ein arabischer Prinz, der einen israelischen Schwulenfilm kennt. Das macht Hoffnung", erwiderte Angelos lachend.

„In der Negev haben sie ihn mir aufs Zimmer gelegt. Ich weiß bis heute nicht, ob sie mir einen Gefallen tun wollten. Oder mich erpressen!"

„Hättest du dich erpressen lassen?"

„Nein. Sie wussten ja von dir und mir. Ich habe es ihnen auch gesagt, obwohl sie es bestimmt vorher wussten. Sie haben auch alles getan, um mich schnell zu meinem Flugzeug zu bringen. Von daher …"

„Er kann aussehen, wie er will. Ich werde dich heiraten. Punkt!"

Khaled lächelte breit.

„So gefällst du mir besser", sagte Angelos.

Das ‚besser' war aber nicht zu verstehen, denn wieder brach die Hölle los. In der Höhle verstärkte sich der Hall der Schüsse.

„Verflucht", schrie Angelos. „Leg dich auf Blochin, Khaled, ich helfe den anderen!"

Die Angreifer hatten eindeutig Infrarotgeräte, sonst hätten sie nicht so zielgenau den Höhleneingang unter Beschuss nehmen können.

Gabriel und Loukas suchten Deckung hinter den Felsen am Eingang und erwiderten dann das Feuer.

Angelos blieb stehen und feuerte über Gabriel hinweg.

Ein Schrei. Treffer, dachte Angelos. Kurz darauf erwischte Gabriel einen zweiten.

Dann der nächste Treffer. Doch dieses Mal erwischte es einen eigenen Mann.

Levi, der über der Höhle Position bezogen hatte, schrie auf.

„Gib ihm Deckung, Gabriel. Sie dürfen keinen zweiten Treffer landen. Ich schaue nach ihm!"

Angelos nutzte Gabriels Salven, um nach Levi zu sehen. Der war rechts vom Höhleneingang, den Hang hinuntergerutscht, aber noch immer zwei Meter davon entfernt.

„Loukas, hau raus, was du hast. Ich ziehe ihn rein", schrie Angelos.

Im Deckungsfeuer bekam Angelos eines von Levis Beinen zu fassen und zog, doch Levi begann wie am Spieß zu brüllen. Angelos wechselte und zog am anderen Bein. Besser.

Langsam zog er Levi zum Höhleneingang.

Das Gegenfeuer verstummte und man hörte Motorenlärm.

„Sie lassen ihre Toten einfach liegen", sagte Gabriel. „Das würden wir nie tun!"

„In Russland zählt ein Leben nicht viel", antwortete Angelos und bugsierte Levi hinter den Felsen am Eingang.

„Maglite. Ich muss sehen, wo er verletzt ist!"

Und dann sah Angelos das Desaster. Levi ist am Oberschenkel getroffen worden. Deswegen hatte er derart geschrien, als Angelos an diesem Bein zog.

„Das ist zu viel Blut. Die Kugel muss die Arterie erwischt haben. Zwar nicht voll, aber …"

Sonst wäre er längst verblutet, dachte Angelos. Er zog sein Shirt aus und band es fest um den Schenkel. Levi stöhnte auf.

„Khaled, bring Blochin zum Boot. Gabriel und ich bringen Levi hinterher. Loukas, du sicherst ab!"

Angelos schaute zu Gabriel.

„Viel Zeit haben wir nicht. Er verblutet uns. Im Boot ist kein Platz für alle. Levi muss das Bein gestreckt halten. Nur ich, Khaled und Blochin können mitfahren. Du und Loukas, ihr müsst hierbleiben. Wir bringen Levi ins Krankenhaus, deponieren Blochin und holen euch. Es wird eine Stunde dauern!"

Gabriel war kreidebleich.

Ich muss ihn in den Arm nehmen, sonst klappt er zusammen, dachte Angelos.

Das tat er dann auch, aber just in dem Moment kam Khaled die Anhöhe hinauf.

„Warum hast du Khaled das Boot hinter die Klippen fahren lassen?", fragte Gabriel. „So haben wir fünf Minuten verloren!"

„Weil es beim Angriff als erstes getroffen worden wäre. Und wir würden jetzt festsitzen und Levi verbluten", gab Angelos zurück.

„Du hast den Angriff erwartet?"

„Überrascht war ich nicht. Irgendetwas stimmt hier nicht. Mit der Drohne konnten sie die kurze Fahrt bei Dunkelheit niemals entdeckt haben. Aber jetzt müssen wir uns um Levi kümmern. Blochin ist mir nicht so wichtig wie euch!"

„Von mir aus kann er zurück nach Russland. Wegen ihm stirbt Levi vielleicht", sagte Gabriel niedergeschlagen.

Höchstwahrscheinlich dachte Angelos. Drei Minuten Überfahrt. Fünf Minuten zum Auto. Fünfzehn Minuten zur Klinik. Das schafft er nicht.

„Khaled! Wir nehmen Levi unter die Arme!"

Dann drehte sich Angelos zu Gabriel um und sagte: „Bis dann!"

„Aber vergiss uns nicht", meinte Gabriel.

„Wohin bringst du Blochin? Ich kann Tel Aviv ja nicht sagen, dass ich es nicht weiß!"

„Doch. Sag ihnen, sie sollten sich um ihren Agenten Sorgen machen. Der schwule Grieche parkt den Russen irgendwo, wo er sicher ist", sagte Angelos.

„Aber Khaled sagst du es doch auch!", erwiderte Gabriel.

„Weil Khaled ein Teil von mir ist und ich ein Teil von ihm. Sorry, Gabriel!"

Khaled hatte den Satz gehört und fühlte sich gestärkt. Denn er wusste, dass es in Kürze einen gewaltigen Krach geben würde.

Khaled ahnte nämlich, wohin Angelos Blochin bringen würde.

An einen sicheren Ort und da fiel Khaled nur einer ein. Der Preis würde ein gewaltiger Zoff sein. Aber nicht mit mir, beruhigte Khaled sich.

29

Angelos und Khaled verließen die Klinik. Levi lebte noch, auch wenn es knapp war. Die Kugel hatte Chefarzt André Silva entfernt und durch die Blutkonserven war Levis Zustand relativ stabil.
Nun musste Blochin deponiert werden.
Sie stiegen in den SUV und fuhren nach Ornos, allerdings steuerte Angelos den Wagen nicht in Richtung ihrer Villa, sondern den Berg hinunter, ins „richtige" Ornos, denn die Bewohner weigerten sich, den Dorfteil am Berg als zu ihrem Ort gehörig zu betrachten. Dass ihr Bürgermeister trotz Trennung in Ornos geblieben war, versöhnte sie immerhin etwas mit den „Reichen da oben".
Aber sie wussten – woher auch immer – dass Angelos in ein kleines Haus ziehen wollte und sich zunächst kategorisch geweigert hatte, eine Villa zu beziehen. Letztlich tat er es aber doch, um Khaled nicht zu etwas zu zwingen. Angelos wollte Khaled zeigen, dass in einer Beziehung jeder einmal zurückstecken muss und dass er dazu gewillt war.

Khaled war sich nun sicher, zu wissen, wo Angelos Blochin zwischenparken würde. Und tatsächlich hielten sie vor Alex´ Haus.

„Meinst du, er ist um diese Zeit wach?", fragte Khaled, denn es war noch Nacht.

Wir müssen dringend schlafen und etwas essen, dachte Khaled. Dann fiel ihm ein, dass sie noch einmal nach Dragonisi mussten, um Gabriel und Loukas zu holen. Es würde ein endloser Tag werden.

Angelos nahm ein paar Steinchen und warf sie gegen das Fenster im ersten Stock. Hoffentlich hat er keinen nächtlichen Gast, dachte Angelos zuerst, verwarf den Gedanken aber. Alex hatte die Trennung noch nicht verkraftet und es würde dauern, bis er wieder bereit für eine Beziehung wäre. Wenn er es denn überhaupt noch einmal versuchen würde.

Ein vollkommen zerknautschter Alex sah geistesabwesend aus dem Fenster. Er wollte schon losbrüllen, als er Angelos sah und sich sichtlich freute. Himmel, er liebt mich noch immer. Wird es wohl ewig tun. Angelos überkamen Schuldgefühle. ER hat mich betrogen, sagte er sich vor, wie immer, wenn er an Alex dachte. Aber er verspürte keinerlei Zorn. Denn es war eine schwere Zeit, als Alex – eher als Angelos – begriff, dass er ihn an Khaled verlieren würde.

„Nicht, dass ich mich über euren Besuch nicht freuen würde, aber die Uhrzeit lässt zu wünschen übrig. Ist ein Begrüßungskuss genehmigt?"

„Nur, wenn ich auch einen bekomme", sagte Khaled.

„Natürlich. Kommt herein. Wer bitte ist denn euer Begleiter? Für einen Dreier hättet ihr auch mich holen können", sagte Alex grinsend.

„Mach uns bitte Espresso und dann erkläre ich es dir", sagte Angelos.

So habe ich noch genau zwei Minuten Zeit, bis das Geschrei einsetzen würde, dachte er.

Genauso kam es auch.

Alex lief rot an.

„Ich bin nebenbei bemerkt noch immer dein Mann und zweiter Kommissar auf der Insel. Und du hieltest es nicht für nötig, mich hinzuzuziehen? Dann kann ich mir gleich einen neuen Job suchen", schrie Alex.

Angelos hielt sich die Ohren zu.

„Aber dass du Khaled an meiner Stelle mitgenommen hast, gibt mir wirklich den Rest!"

„Lass ihn in Ruhe. Du solltest erkennen, wie fertig er ist. Das ist nicht der Tag, um dreckige Wäsche zu waschen, zumal es nicht Angelos war, der fremdgegangen ist", schrie Khaled.

„Darüber ließe sich streiten", gab Alex zurück, wohlwissend, dass es eine Lüge war.

„Weiter im Text. Er hatte die Anweisung, niemandem etwas zu erzählen", sagte Khaled.

„Aha. Aber das galt nicht für dich", spöttelte Alex.

„Stimmt. Für mich galt es nicht. WEIL MICH DIE ISRAELIS LANGE KANNTEN!"

Jetzt brüllte Khaled regelrecht.

Alex war konsterniert.

„Ein arabischer Prinz ein Spion der Israelis??"

„ICH BIN KEIN SPION, DU IDIOT. Ich habe mit ihnen verhandelt, das ist alles!"

„Bitte hört auf", sagte Angelos leise.

Nach einer kurzen Pause kam ein Friedensan-gebot von Alex:

„Ihr seht hungrig aus. Rühreier?"

Zwischen dem dritten und vierten Ei entschuldigte sich Alex.

„Es tut mir leid. Das gilt für euch beide. Ich bin um die Uhrzeit nicht zurechnungsfähig!"

Angelos stand auf und umarmte Alex von hinten.

„Aber mir muss jemand erklären, was ich mit diesem Elend auf der Couch tun soll", sagte Alex. „Zumindest das muss ich wissen!"

„Natürlich, Alex. Du sollst ihn nur für eine Stunde hierbehalten. Der Rest unserer Leute sitzt auf Dragonisi. Die müssen wir holen und dann kommen wir wieder her. Da wir einen Mann verloren haben, könntest du uns ab jetzt helfen. Wenn es denn dein Stolz zulässt", antwortete Angelos.

„Natürlich helfe ich dir, euch. Mit meinem Stolz ist es nicht mehr weit her. Auf was sollte ich auch stolz sein? Aber egal. Was heißt ,ein Mann verloren'? Tot?"

Angelos schüttelte den Kopf.

„Schwer verletzt. Einer der Israelis! Du solltest sicherheitshalber deine Waffe parat halten", antwortete Khaled für Angelos, der das Rührei beinahe inhalierte, so hungrig war er.

„Waffe? Großer, wo ist die überhaupt?", fragte Alex.

„Kommode, Fenster, zweite Schublade!"

Khaled fing an zu lachen.

„Entschuldigt. Ihr seid wie ein altes Ehepaar!"

„Wir SIND ein Ehepaar. Zwar nicht mehr lange, aber ..." Alex stockte.

Angelos warf Khaled einen Blick zu und machte das „Cut-Zeichen".
„Gut. Dann gehen wir jetzt. Gabriel und Loukas erfrieren uns sonst!"

30

Als Angelos und Khaled den Berg bei Ornos hochfuhren, sagte Khaled:
„Wollen wir nicht kurz noch einmal in der Klinik vorbeifahren, um zu schauen wie es Levi geht? Auf die zwei Minuten kommt es nicht an!"
Später sollte Khaled realisieren, dass dies vielleicht die entscheidenden Minuten gewesen waren, aber er konnte es nicht wissen.
Daher stimmte Angelos zu und nickte.
Es sollte etwas länger dauern, weil der Chefarzt gerade einem stockbetrunkenen Deutschen den Magen auspumpen musste. Dennoch brachte der Besuch die beruhigende Erkenntnis, dass sich Levis Zustand nicht verschlechtert hatte und Blutdruck und Puls sich wieder normalen Werten näherte. Zumindest, wenn man die Schwere die Verletzungen berücksichtigte.
Zwölf Minuten nach ihrem Eintreffen, bestiegen Angelos und Khaled wieder den Wagen.
Als Angelos losfahren wollte, preschte ein dunkles Fahrzeug mit irrem Tempo über den Kreisverkehr und hätte sie beinahe gerammt.
„So ein dummes Arschloch", fluchte Angelos.

Sie fuhren in flottem Tempo Richtung Kalafati.
„Mir zieht es fast die Füße weg vor Müdigkeit.
Vielleicht sollten wir Blochin etwas länger bei Alex
lassen, damit wir etwas Schlaf bekommen", sagte
Khaled.

„Geht nicht, mein Prinz. Gabriel soll Bescheid
sagen, dass es hier offenen Krieg gibt und jede
weitere Tarnung witzlos ist. Sie sollen Blochin holen
und irgendwo anders hinschaffen. Ich habe die
Schnauze voll. Außerdem sind wir jetzt auf jeden
Fall zu wenig Leute. Trotz Alex. Der ist nämlich ein
lausiger Schütze", erwiderte Angelos.

„Wir holen jetzt Gabriel und Loukas und dann soll
Gabriel in Tel Aviv anrufen. Wenn die schnell sind,
ist er heute Abend weg von hier. Der Rest
interessiert mich wirklich nicht mehr!"

Heute Abend? dachte Khaled. Bis dahin klappe
ich zusammen. 34 Stunden, stressige Stunden,
ohne Ruhepause.

Sie fuhren die Serpentinen hoch nach Ano Mera.
Mitten in der ersten Steilkurve brummte Khaleds
Handy. Eine SMS von Gabriel, der wohl ahnte,
dass Angelos am Steuer saß.

„Gabriel fragt, wann wir kommen. Außerdem ist
Loukas von einem Kontrollgang nicht zurück",
sagte Khaled.

Fünf Sekunden später flog das Handy in Richtung
Frontscheibe, denn Angelos hatte eine Voll-
bremsung hingelegt und versuchte hektisch den
Wagen zu wenden, mitten in der Kurve.

„Bist du verrückt?", fragte Khaled, aber Angelos
reagierte nicht, sondern fuhr wie ein Irrer in
Richtung Stadt zurück.

„Was ist denn los?", brüllte Khaled gegen den Lärm an.

Aber Angelos sagte nun:

„Nein, bitte nicht. Lass mich nicht recht haben!"

Sie rasten über die Kreisverkehre wieder in Richtung Ornos. In den engen Kurven hinunter stellte sich der Wagen mehrmals quer.

Was hat er nur? fragte sich Khaled. Sprechen wollte er nicht. Angelos reagierte auf nichts mehr.

Unten angelangt, raste Angelos über die Stopp-Stelle direkt auf Alex´ Haus zu und bremste nur knapp vor der Mauer.

Leider hatte er vergessen, dass er angeschnallt war und in seiner Panik wollte sich der Gurt erst recht nicht öffnen lassen.

Und so war Khaled zuerst am Haus und öffnete die Türe. Er sah ins Innere und knallte die Türe sofort wieder zu.

Angelos wollte an ihm vorbei, aber Khaled versperrte ihm den Weg.

„Nein. Geh nicht rein", schrie Khaled.

Im nächsten Moment stieß ihn Angelos beiseite und betrat das Haus.

Stille.

Am Boden lag Alex.

Mit einem Kopfschuss.

31

Angelos kniete neben Alex und hob dessen Kopf an. Er weinte nicht, er schrie nicht. Er war schlicht in ein anderes Universum eingetaucht.

Khaled fing sich relativ schnell. Nicht, weil ihm der Tod Alex´ nicht naheging. Er sah sich als Alex´ Freund, sofern zwischen Ex-Mann und seinem Nachfolger überhaupt eine Freundschaft entstehen kann. Aber Alex hatte ihn, Khaled, immer akzeptiert, was eine große charakterliche Leistung war, denn Angelos war Alex´ Leben.

Ich muss einen klaren Kopf bewahren, um zu verhindern, dass Angelos wegdriftet. Er ist nicht stark genug, um auch noch diesen Schlag verkraften zu können – zumindest nicht allein.

Jetzt nichts sagen, vor allem keine Floskeln von dir geben, war Khaleds Maxime angesichts des toten Alex.

Er ging in die Küche, machte Espresso. Dann ging Khaled nach oben, riss im Schlafzimmer das Laken vom Bett und kam die Treppe wieder herunter. Blochin war nicht mehr hier, aber er behielt es für sich. Nichts würde Angelos jetzt weniger interessieren als das.

Noch immer kniete Angelos stumm neben der Leiche.

Khaled griff ihm vorsichtig an die Schulter.

„Bitte geh in die Küche. Ich möchte Alex zudecken. Quäle dich nicht selbst", sagte er leise und beruhigend.

Der Mann, der aufstand, stand nicht unter Schock, er war schlicht nicht da. Entrückt. Immerhin trank Angelos den Espresso.

Der Zusammenbruch kommt noch und er wird fürchterlich sein, dachte Khaled.

„Ich bin schuld", sagte Angelos. „Ich hätte dieses Arschloch nicht hierherbringen dürfen. Dann würde Alex noch leben. Hätte ich ihn nicht verlassen, wäre ich hier gewesen", sagte Angelos leise.

„Du hast ihn verlassen, weil er dich betrogen hat. Und weil du dich in mich verliebt hast. Woran du dich erinnern solltest!"

Khaled hätte sich ohrfeigen können. Es war nicht der richtige Zeitpunkt für verletzten Stolz, obwohl er nicht wusste, ob das Gesagte überhaupt bis zu Angelos durchgedrungen war.

Dessen Gesicht war weiß wie ein Blatt Papier. Der Blick ging durch Khaled hindurch ins Leere.

Plötzlich durchbrach Angelos die Stille und sagte.

„Ich schwöre bei Gott, dass ich ihn umbringe. Und zwar langsam. und wenn du mich liebst, hältst du mich nicht auf!"

Khaled griff nach Angelos Hand.

„Ich werde dich nicht aufhalten. Ich werde dir helfen. Das ist meine Aufgabe", antwortete er.

Einen flüchtigen Moment lang lächelte Angelos.

„Ich werde mich die nächsten Tage um alles kümmern. Brauchen wir eine Obduktion?"

Angelos schüttelte den Kopf.

„Dann rufe ich den Bestatter und lasse Alex zu uns bringen. Vielleicht sollten wir ihn bei uns im Garten beerdigen. Dann ist er nah bei dir und ich glaube, das würde ihm gefallen!"

Und mit dem letzten Satz brach die Fassade.
Angelos begann heftig zu schluchzen.
„Wie soll ich damit fertigwerden? Ich bin schuld!"
„Du bist an gar nichts Schuld. Schuld ist der
Mörder, nicht du. Alex hätte die Waffe bereithal-
ten sollen!"
Khaled hatte in der Schublade nachgesehen. Die
Glock lag noch darin.
„Aber er hat die Lage falsch eingeschätzt. So wie
wir. Es warst ja nicht nur du. Auch ich habe nichts
geahnt. Das ist auch meine Schuld!"
„Ich sollte mich neben Alex legen. Ihn noch
einmal umarmen. Und mich entschuldigen",
sagte Angelos.
„NEIN. Das tust du nicht. Ich lasse nicht zu, dass du
dich noch mehr quälst. Trauern ja, sich selbst
foltern, nein. Du bleibst hier, bis er abtransportiert
ist. Tu einmal das, was ich dir sage!"
„Ist es mit mir so schlimm?"
„Hör auf. Ich bin mit dir glücklich. Und habe es
nicht eine Minute bereut. Reicht das?
Entschuldige, ich muss grob werden, um dich da
durchzuführen. Du wirst dich nicht selbst zerstören.
Das lasse ich nicht zu. Alex gehörte zu uns,
deswegen hätte ich nichts gegen das Grab,
außer du machst daraus einen Tempel."
„Man darf kein Grab außerhalb des Friedhofs
anlegen", sagte Angelos.
„Das ist mir wurscht. Soll der Bürgermeister mir eine
Strafe aufbrummen!"
Und tatsächlich lachte Angelos kurz.
„Der Bürgermeister ist eigentlich ein ganz netter",
sagte Angelos.

„Das ist er. Sonst wäre ich auch nicht mit ihm zusammen", antwortete Khaled.

„Bist du einverstanden, wenn ich die nächsten Tage das Kommando übernehme? Wenn der Bestatter da war, muss ich Gabriel holen. Und Levi Bescheid geben. Aber nur, wenn du mir versprichst, keine Dummheit zu begehen. Die Glock nehme ich mit. Versprich es mir!"

Angelos nickte schwach.

„Damit würdest du auch mein Leben zerstören und das habe ich nicht verdient!"

„Nein, das hättest du nicht verdient!", sagte Angelos.

„Konzentriere deine Gedanken darauf, den Mörder zu finden. Hast du gehört?"

Angelos nickte.

Der Mörder.

Der Verräter.

Loukas.

Er wird bezahlen. Und ich werde ihn nicht verhaften.

32

Nachdem der Bestatter die Leiche übernommen hatte – und Khaled Angelos in der Küche einsperrte – fuhr Khaled nach Kalafati, um von dort nach Dragonisi überzusetzen.

Der sonst so friedliche Gabriel rastete vollkommen aus, weil mittlerweile drei Stunden vergangen waren und er am ganzen Körper schlotterte.

Es war mehr als nur kühl.

Als er im Auto von dem Mord erfuhr, entschuldigte er sich sofort.

„Die Frage, wie es Angelos geht, erspare ich mir", sagte Gabriel.

„Hör zu. Hilf mir, ihn im Diesseits zu halten. Ich habe Sorge, dass er wegkippt. Ich kann dir nicht sagen, was genau du tun kannst. Folge einfach deinem Gefühl. Und ich verspreche dir, meine Eifersucht im Zaum zu halten", antwortete Khaled.

„Er liebt dich, Khaled. Das ist offensichtlich. Man merkt es daran, wie er dich ansieht, aber das ist glaube ich nicht das Thema!"

Khaled fuhr schneller als erlaubt. Er wollte Angelos nicht länger als nötig alleine lassen.

„Es war Loukas, nicht wahr?", sagte Gabriel.

Es war mehr eine Feststellung, denn eine Frage.

„Ja. Und ich bin schuld, aber das weiß Angelos nicht", sagte Khaled.

„Wieso das denn?", fragte Gabriel.

„Loukas hätte Blochin schon in den ‚Villas' erschießen können. Vor dem Übersetzen wollte er

Blochin allein holen, aber ich habe Levi sofort hinterhergeschickt. Ich weiß nicht, warum!

„So konnte Loukas Blochin nicht töten. Alles Folgende wäre nicht passiert. Levis Verletzung, Alex´ Tod. Angelos wird mich hassen!"

„Unsinn. Wenn zwei erfahrene Agenten nichts merken und dazu ein erfahrener Kommissar, dann konntest du es auch nicht!"

„Hoffentlich sieht das Angelos genauso. Aber in der Trauer denkt man nicht rational. Wie könnte man auch!"

„Von mir erfährt er nichts und Levi wird auch nichts sagen. Ich weiß, es interessiert dich momentan nicht, aber wo ist Blochin? Denn wo er ist, ist auch Loukas", sagte Gabriel.

„Und irgendwas muss ich Tel Aviv sagen!"

Am Liebsten hätten Khaled gesagt, dass ihn Tel Aviv kreuzweise könnte, aber er sah den Konflikt, den Gabriel würde ausbaden müssen.

„Wir müssen versuchen, Angelos aus der Trauer zu reißen und seinen Fokus auf den Täter zu lenken. Seinen Hass schüren. Wobei ich vermute, dass Blochin schon tot ist!"

„Wie kommst du darauf?", sagte Gabriel überrascht.

„Weil sie auf Dragonisi einen Frontalangriff gestartet haben, ohne Rücksicht auf Verluste", erklärte Khaled.

„Ein toter Blochin ist jetzt Moskaus Ziel. Nicht mehr, ihn zurückzuholen. Du könntest recht haben", stimmte ihm Gabriel zu.

„Ich habe es erst vermutet, als Loukas auf der Insel verschwunden ist!"

Gabriel blickte auf seine Uhr.

„Das war vor zwei Stunden!"

„Das könnte passen. Als wir die Klinik verließen, preschte ein SUV in hohem Tempo vorbei. Wenn er das war, sind wir nur ein paar Minuten zu spät gekommen, denn Angelos hat vor Ano Mera gedreht. Nach deiner SMS! Bitte sag, dass er schon früher aus der Höhle verschwand. Angelos macht sich sonst noch mehr Vorwürfe. Tel Aviv kannst du erzählen, was du willst", sagte Khaled.

„Jetzt verstehe ich auch, warum er im eigenen Wagen nach Kalafati fahren wollte. Er ist den Kilometer geschwommen und dann mit seinem SUV nach Ornos geprescht. Und hat Alex ermordet. Dumm ist er nicht. Er wusste ja von Alex. Wir wussten es, also wusste es auch der eigene Geheimdienst. Aber wohin hätte Angelos ihn bringen sollen? Welcher Platz ist denn hier sicher? Wenn es Dragonisi nicht ist, was dann? Und wer sonst hat auf der Insel eine Waffe?"

Dass Alex die Waffe in der Schublade liegenließ, trotz Angelos´ Ermahnung, ließ Khaled unerwähnt. Aber ich muss Angelos daran erinnern, dachte er. Du hast ihn gewarnt und mehr konntest du nicht tun.

„Ich würde verstehen, wenn du zu Levi möchtest. Soll ich dich in der Klinik absetzen?", fragte Khaled.

„Nein. Wenn du mir sagst, er ist außer Gefahr, glaube ich dir. Mir ist Angelos wichtiger, auch wenn es dir nicht recht ist", antwortete Gabriel.

„Unter diesen Umständen ist es mir sogar sehr recht. Allein schaffe ich es vielleicht nicht. Er braucht jetzt Menschen, die ihn lieben. Und das tust du, nicht wahr?"

„Mehr als du ahnst. Aber wie gesagt, es ist aussichtslos. Vielleicht akzeptiert er mich wenigstens als Freund", sagte Gabriel leise.

„Das tut er doch schon. Sonst wäre er dir nicht so nahegekommen. Was mir nicht gepasst hat, um ehrlich zu sein. Meine dumme Eifersucht. Ich bin halt doch Araber", sagte Khaled.

„Israelis sind nicht anders", antwortete Gabriel. „Hoffentlich hat er keinen Unsinn angestellt", fügte er hinzu.

„Keine Sorge. Ich habe dem Bestatter gesagt, er soll das Ganze solange hinziehen, bis ich wieder da bin. Krimskrams wie Grabaushebung, Totenschein. Menos ist schlau, er hat sofort begriffen!"

„Was ich mache, wird verkehrt sein", sagte Gabriel.

„Nicht in meinen Augen. Alles, was Angelos hilft, hilft auch mir!"

33

Am späten Nachmittag – sie waren 31 Stunden auf den Beinen – standen Angelos, Khaled und Gabriel an Alex´ Grab.

Angelos noch immer in Trance.

„Wir machen das zuhause so. Jeder Moslem muss vor Sonnenuntergang beerdigt werden. Wegen der Hitze. Mein Gedanke dabei war, dass ich verhindern musste, dass du neben der Leiche schläfst", sagte Khaled zu Angelos und hatte den Arm um ihn gelegt.

Der Blick ging ins Leere. Hilflos sah Khaled zu Gabriel.

„Als Inschrift habe ich mir gedacht, wir schreiben ‚Alex' und dazu nur ‚Ein guter Mensch'!", sagte Khaled.

„Das war er. Das ist eine gute Idee. Und ich bin ein Arschloch", sagte Angelos vollkommen überraschend.

Gabriel stellte sich vor Angelos – und gab ihm eine Ohrfeige.

„Hier stehen zwei Menschen, die dich lieben. Die dich brauchen. Du kannst gar kein Arschloch sein, wenn du so geliebt wirst. Khaled ist jedes Mal gesprungen, wenn du gerufen hast. Es gibt auch eine Verantwortung für die Lebenden", sagte Gabriel.

Tatsächlich war Angelos aufgewacht aus seiner Lähmung. Jetzt kam der Zusammenbruch. Er warf sich Khaled in die Arme und dann Gabriel, wobei die Tränen ohne Unterlass flossen.

Ich danke dir, Gabriel, dachte Khaled.

„Wir bringen dich jetzt ins Bett und wir beide werden bei dir sein!"

Zu Gabriel sagte Khaled noch leise:

„Aber deine Finger lässt du bei dir!"

Daraufhin bekam auch Khaled eine Ohrfeige.

„Die habe ich wohl verdient", sagte er.

Die Erschöpfung ließ Angelos tatsächlich schlafen.

Der Flashback kommt selten sofort, sonst würde es auch nicht „back" heißen, dachte Khaled.

Nur die Jagd auf Loukas würde helfen. Oder besser: die Rache an ihm.

34

In der, einer Seitenstraße im Zentrum von Tel Aviv, trafen sich zwei Männer, die sich eigentlich nicht treffen dürften. Man saß im Café nahe dem Ditzenhoff-Platz. Um 9 Uhr morgens gab es keine Gäste, keine Passanten und die Straße ist eine Sackgasse. Ihr Treffen blieb daher unbemerkt, zumal das Café rundum von Agenten gesichert war. Gut, ein Amerikaner hätte zufällig vorbeikommen können, denn die US-Botschaft liegt keine hundert Meter entfernt. Doch Tel Aviv ist ein Dorf, wie Yossi Cohen immer sagt. Langgezogen am Meer, doch in der Breite ist man nach einem Kilometer praktisch schon „draußen". Victor Orlow und Yossi Cohen saßen im Außenbereich ganz hinten.

Orlow war der örtliche Leiter des SWR-Netzes in Israel, das viel größer war als man aufgrund der Größe des Landes annehmen könnte. Da in den letzten Jahrzehnten über eine Million russischer Juden eingewandert waren, war es ein Leichtes, unerkannt ein Netzwerk aufzubauen, ohne dass der Dienst alle Stränge entdecken konnte.

Dass sich hochrangige Vertreter zweier verfeindeter Staaten trafen, war auf Geheimdienstebene nicht unüblich. Man tat dies aus zwei Gründen: einmal, um katastrophale Fehler von nachrangigen Mitarbeitern zu vermeiden oder zu korrigieren. Mitunter tat man es aber auch, um die Fehler von Vorgesetzten hinzubiegen, sprich Fehler der Politiker. Schließlich entstammten alle

Agenten derselben Berufsgruppe – und das verbindet, unabhängig ob Russe oder Israeli. Oder Amerikaner und Türke.

Es war weniger die Sorge um das persönliche Wohlbefinden der Mitarbeiter, als die Angst, jemanden zu verlieren, dessen Ausbildung hunderttausende von Euro gekostet hat. Hinzukommt, dass nur wenige heutzutage diesen „Beruf" ergreifen möchten: niedrige Bezahlung, keine Freizeit, langweilige Observierungen und dennoch bestand das Risiko, sich jederzeit einen Kopfschuss einzufangen.

Um unnötige Scharmützel zu verhindern, waren derartige Treffen notwendig. Politikern war es egal, wenn ihr Geheimdienst Verluste zu verzeichnen hat.

„Victor. Schön, dass du gekommen bist, trotz des kalten Wetters!"

Es hatte keine 15 Grad und das war wirklich kühl – für einen Israeli.

„Du machst wohl Witze. Ich bin in Nishi Nowgorod geboren, was du natürlich weißt. Für mich ist das Sommer", sagte Victor mit einem Lächeln. „Wie Urlaub am Mittelmeer!"

Yossi Cohen erwiderte das Lächeln.

„Da sind wir gleich beim Thema!"

„Urlaub? Möchtest du mit mir verreisen?"

Garantiert nicht, du Arschloch, dachte Yossi Cohen.

„Nein. Da würde meine Frau nicht mitspielen. Sie ist gebürtige Russin, wie DU sehr wohl weißt! Und aus bestimmten Gründen irgendwie allergisch gegen alles Russische!"

„Typisch Juden. Ihr kommt nirgends zurecht, außer in den Ländern, in denen ihr das Sagen habt, wie Amerika und Großbritannien", erwiderte Orlow.

„Lassen wir doch deinen Antisemitismus beiseite. Der hilft uns nicht weiter. Wir haben ein gemeinsames Problem!"

„Und das wäre?"

„Mykonos", sagte Yossi Cohen. Für einen Geheimdienstler erstaunlich deutlich. Üblicherweise umkreist man das Problem vorsichtig und entsprechend lange.

„Schöne Insel, aber furchtbar teuer", erwiderte Orlow. Er setzte auf die altbewährte Technik.

„Lass den Mist, Victor. Ich denke, auch du hast anderes zu tun als Spielchen zu treiben!"

„Gut. Dann aber Offenheit auf beiden Seiten!"

„Einverstanden. Ihr habt auf Mykonos einige unserer Mitarbeiter angegriffen und einen verletzt!"

Victor Orlow konnte sich kaum beherrschen.

„Ach, der Arme. Einer unserer Mitarbeiter IST TOT", sagte Orlow zunehmend lauter.

„Sch.., nicht so laut. Es soll nicht morgen in der Zeitung stehen", knurrte Yossi Cohen.

„Ihr habt einen unserer hochrangigsten Mitarbeiter entführt", erwiderte Orlow.

Yossi Cohen überlegte kurz, ob Orlow schauspielte oder ob er diese Version wirklich glaubte.

„Wir entführen niemanden", sagte Yossi Cohen, merkte aber sofort, dass dies eine Steilvorlage war.

„Ich lache mich gleich tot. Und Eichmann 1962? Oder hält sich der Mossad neuerdings an Gesetze?", stichelte Orlow.

„Wir sind ein kleines Land, das um sein Überleben kämpft. Umgeben von Feinden, die IHR alle unterstützt, darunter übelste Gruppen!" Nun glitt Yossi Cohen doch ab in die Politik ab, was ihn selbst ärgerte.

„Hör zu. Blochin ist desertiert. Er wurde nicht entführt, schon gar nicht von uns. Wir haben damit im Grunde genommen gar nichts zu tun. Die Amerikaner haben uns um Hilfe gebeten, weil sie weder in der Westtürkei noch in Griechenland die richtigen Männer haben, um so eine heiße Fracht zu transportieren!"

„Dann ist Amerika aber tief gesunken", ätzte Orlow.

„Womit ich dir gerne Recht gebe. Mir wäre das nicht passiert!"

„Gesetzt den Fall, deine Version, Blochin sei ein Überläufer, stimme, was ich im Leben nicht glaube, was erwartest du denn? Das wir seelenruhig zuschauen, wie unser führender IT-Spezialist durchs Mittelmeer tingelt?", platzte es aus Orlow heraus.

Danke, dachte Yossi Cohen. Seine Bedeutung kannten wir zwar, aber dass er die Nummer eins ist – oder war – hatten uns die Amerikaner nicht gesagt.

Zwar bemerkte Orlow seinen Fehler, entschloss sich aber, Tacheles zu reden.

„Um es deutlich zu sagen, Moskau will ihn zurück. In welchem Aggregatszustand auch immer", sagte Orlow lächelnd. „Ihr zieht am besten eure Leute zurück.

Im Leben nicht, dachte Yossi Cohen. Wir brauchen seine Kenntnisse. Wenn Blochin in iranische Systeme eindringen kann, ist er Gold wert.

„Ihr seid ohnehin chancenlos – mit euren zwei lumpigen Agenten. Ein bisschen am Personal gespart?", stichelte Orlow.

„Wir sind zu fünft", entgegnete Yossi Cohen offen.

„Du zählst die Griechen mit? Mach dich nicht lächerlich. Das ganze Land ist ein Sinnbild für Unfähigkeit!"

„Mag schon sein, aber zumindest zwei der Griechen sind Hochkaräter. Der Kommissar ist sehr fähig. Und sein Ehemann war General einer arabischen Armee", trug Yossi Cohen etwas dick auf.

„Ehemann? Höre ich richtig. Ihr beschäftigt neuerdings Schwuchteln? Mit was schießen die denn? Wattebällchen?" Orlow lachte laut über seinen eigenen Scherz.

„Ihr Russen lernt es nie. Antisemiten und homo-phob dazu. Aber bitte. Wenn ihr meint, das seien Anfänger … Nur verstehe ich dann nicht, wie sie in Unterzahl euch zwei Mal verjagen und einen eurer Männer töten konnten!"

Das fragte sich Orlow selbst. Er hatte zwei Stunden vor dem Treffen mit Yossi Cohen in Athen nachge-fragt und die Antwort war deutlich: der Kommissar war gefährlich und fähig und sein Lebensgefährte zumindest Oberstleutnant, wenn auch nicht General. Offensichtlich wusste man das in Moskau nicht. Ein paar Telefonate hätten gereicht, um es VOR den Attacken zu wissen. Saftladen Moskau, dachte Orlow.

„Im Übrigen, ist einer meiner Leute auch schwul und er ist nicht der Einzige. Mit wem meine Leute ins Bett gehen, ist mir egal. Die Leistung zählt. Solltet ihr einmal versuchen. Dann gäbe es weniger Desaster wie auf Mykonos", setzte Yossi Cohen genüsslich nach.

„Der Herr im Kreml würde Amok laufen!!"

Sicher nicht, dachte Yossi Cohen. Die Hälfte seiner Bekannten ist schwul.

Das Gespräch ist überflüssig, dachte Yossi Cohen. Immerhin: einen Versuch war es wert.

„Nun, wenn ihr Blochin nicht übergebt, dann – so Moskau – sterben deine Leute. Und warum sollten sie für einen Russen? Ihr habt genügend eigene Spezialisten", sagte Orlow.

Aber die waren schon besser, dachte Yossi Cohen. Wir sind nachlässig geworden. Wie in allem.

„Wir können ihn nicht euch überlassen. In Washington und Langley würde man Amok laufen!"

„Dann gibt es ein Blutbad unter deiner Homo-Brigade", stichelte Orlow. „Wahrscheinlich ist die Lache dann rosa statt rot! Im Übrigen ist Verstärkung unterwegs!"

„Das gibt einen diplomatischen Eklat", gab Yossi Cohen zu bedenken.

„Das ist Moskau egal, wie du sehr wohl weißt. Man zieht den Hammer dem Florett vor! Im Übrigen: stell dir vor, einer eurer Experten aus Didoma würde überlaufen!"

Didoma. Der Ort, den niemand kannte. Das Atomwaffenlager der Israelis. Acht Stockwerke unter der Erde.

„Den Namen Didoma habe ich noch nie gehört", sagte Yossi Cohen.

Orlow lachte laut.

„Bring mir einen Zettel und ich male dir einen Grundriss!"

Prahlerei oder tatsächliches Wissen? fragte sich Yossi Cohen. Zur Sicherheit setzte er den Punkt „Sicherheitscheck Didoma" auf seine to-do-Liste für die nächsten Tage.

Yossi Cohen seufzte.

„Dann gibt es nichts mehr zu besprechen, befürchte ich! Nun, von uns treffen heute auch noch zusätzliche Mitarbeiter ein", sagte Yossi Cohen.

„Schade. Ich dachte, wir könnten das regeln!" Orlow stand auf und wollte zahlen.

„Das übernehme dieses Mal ich", sagte Yossi Cohen.

Denn immerhin habe ich erfahren, dass die Russen noch mehr Leute schicken. Hinsichtlich der eigenen Verstärkung hatte Yossi Cohen gelogen. Tel Aviv konnte schlicht niemand mehr auftreiben. Die zwei Agenten vom Schiff mussten von Izmir weiter nach Nord-Syrien. Auch den Dienst hatten Sparmaßnahmen ereilt.

Man spart an der Sicherheit. Das hätte es früher nicht gegeben. Passé die Zeiten, in denen Geld keine Rolle spielte, dachte Yossi Cohen, auch wenn er diese Zeit nie selbst in hoher Position erlebt hatte.

Gut – ich muss Gabriel und Levi warnen. Doch Yossi Cohen korrigierte sich. Levi war nur noch teilweise einsatzfähig. Blieben nur noch Gabriel und Nikakis und dessen Mann. Der dritte Grieche war den Akten nach ein Grünschnabel.

Na ja. Stimmte das Gerücht, dass sich Gabriel in den Kommissar verliebt hatte, könnte das die Kampfkraft stärken. Und hoffentlich stimmen die Informationen über Nikakis und Anhang. Gabriel zufolge waren beide beim zweiten Angriff mutig und energisch gewesen. Und erfolgreich, trotz Levis Ausfall.

Mit einem hatte Yossi Cohen recht: Gabriel war mehr als motiviert. Er hatte Angst, dass Angelos etwas passiert. Zwar war der mit Khaled fast verheiratet, aber eben nur fast.

Und ein liebender Mann kann zum Tier werden. Nicht unbedingt bei einer Frau, aber ganz sicher bei einem anderen Mann. Es durfte nur kein Beziehungsdrama daraus werden, sonst würde sich die Truppe spalten.

Yossi Cohen bog in die Bograshov Road ein, beschloss aber, am Ditzenhoff-Platz einen Espresso zu trinken. Dabei kann ich mich am besten konzentrieren, dachte er. Besser als in dem Affenstall von Büro.

Nach zwanzig Minuten beschloss er, persönlich mit Angelos Nikakis zu sprechen und ihn über Gabriels Verliebtsein zu informieren. Wenn er es nicht schon selbst gemerkt hat, dachte Yossi Cohen. Aber falls nicht, würde er Nikakis bitten, nicht zu schroff zu Gabriel zu sein und bei Khaled aufkommende Eifersucht zu bremsen. Sie müssen als Team arbeiten.

Sonst sind sie tot.

Er fluchte, denn er musste den ganzen Weg bis nach Gillot hinaus mit dem Bus fahren. Seine

Leibwächter hatte er dummerweise schon zurückgeschickt.

Cohen stand exakt an der Bushaltestelle, an der sich 1996 ein Attentäter in die Luft sprengte. 22 Tote.

Ich sehne mich nach Ruhe, dachte Cohen.

Allerdings fehlte Yossi Cohen eine wichtige Information: von den tragischen Geschehnissen der zweiten Nachthälfte wusste er noch nichts. Weder Alex´ Tod, noch das Verschwinden von Blochin hatten Tel Aviv erreicht.

Der Grund war simpel: Levi war durch die Medikamente in einen Ohnmacht gleichen Schlaf gefallen und konnte noch nicht berichten.

Gabriel hatte zwar den zweiten Angriff gemeldet, die folgenden sechzig Minuten konnte er aber nicht vorhersehen. Und Gabriel war es wichtiger, Angelos zu trösten und zu helfen.

35

Der nächste Morgen begann mit Blumensträußen vor dem Hauseingang. Und es waren nicht wenige.

Khaled brachte sie an die hintere Gartenmauer, an der das Grab lag.

„Schläft er noch?". fragte Gabriel.

Khaled nickt.

„Ohnmacht trifft es wohl eher", antwortete Khaled.

Kaum ausgesprochen, kam Angelos in die Küche. Ein Leichnam. Er küsste Khaled auf die Backe. und auch Gabriel.

„Du musst etwas essen", sagte Khaled.

Angelos verzog das Gesicht.

Pancakes. Er liebt Pancakes. Aber ich weiß nicht, wie … Khaled ging zu Gabriel und flüsterte ihm ins Ohr. Gabriel lächelte und nickte.

„Bitte kein Tuscheln", sagte Angelos mit matter Stimme.

„Nichts Schlimmes. Das könnten wir zwei gar nicht."

Angelos´ Handy brummte. Die ersten Kondolenzanrufe? Die Blumen vor der Türe zeugten davon, dass sich die Nachricht in Windeseile verbreitet hatte. Ein Bestatter ist immer Teil des Tratsch-Networks, an allen Orten der Welt.

„Bitte nimm du es", sagte Angelos. „Ich kann das noch nicht!"

Khaled meldete sich mit „Nikakis", weil er sich schon als Herr Nikakis sah.

„Das Büro des Premierministers", sagte er.

Angelos verdrehte die Augen, griff aber nach dem Handy. Der Anruf lief zwar über das Büro, kam aber aus dem Gästezimmer im Untergeschoss.

„Ich habe vom Fenster aus gesehen, dass ein Grab ausgehoben wurde und den Bestatter gefragt, wer denn gestorben sei. Ich hatte schon Angst, es wäre Khaled. Ich erspare mir die üblichen Sprüche", sagte Migiakis. „Aber es tut mir leid für dich. Und ich meine es ehrlich, auch wenn wir regelmäßig streiten!

Und Angelos glaubte es ihm sogar.

„Wenn ich etwas für dich tun kann, dann sag es! Alles, was ich von hier per Telefon erledigen kann."

„Du kannst tatsächlich etwas für mich tun!"

Es folgte eine kurze Schilderung der Vorgänge und eine Frage.

Als Angelos die Frage stellte, zwinkerten sich Khaled und Gabriel zu.

Migiakis hingegen war nicht begeistert.

„Du bist verrückt. Ich hasse Verräter. Aber das kann ich nicht machen!"

„Es wird aber trotzdem passieren, gesetzt den Fall, ich finde ihn", sagte Angelos.

Dann herrschte kurz Stille.

„Aber ich könnte Folgendes tun: dem Geheimdienstchef die Hölle heiß machen, wie es denn sein konnte, dass der SWR einen Agenten in seinem Laden unterbringen konnte. Er wird sich darauf konzentrieren, seinen Kopf zu retten. Der Bastard wird ihn nicht kümmern. Versprich mir aber, dass du keinerlei Spuren hinterlässt!"

„Wenn ich ihn überhaupt finde", antwortete Angelos.

„Ich bin mir sicher, dass er an keinem Platz der Welt seine Ruhe haben wird", sagte Migiakis.

Womit Migiakis recht hat.

Ich werde Loukas jagen und ihm Schmerzen zufügen.

Und Angelos aß seine Pancakes mit zufriedenem Gesicht.

Khaled sagte leise „Danke" zu Gabriel und schwor sich, als Nächstes das Zubereiten von Pancakes zu lernen.

Wieder brummte ein Handy, dieses Mal war es Gabriels Telefon. Sofort ging er in die Halle. Dann muss es die „Zentrale" in Tel Aviv sein, dachte Khaled.

Nach wenigen Minuten kam er zurück und sagte: „Angelos, mein Chef will mit dir sprechen!"

Angelos ließ die Arme hängen, übernahm aber das Handy.

„Hallo, Herr Nikakis. Ich belästige Sie nicht lange. Es tut mir sehr leid, was passiert ist. Und dass wir nicht eher bemerkt haben, was läuft. Ich hoffe, sie machen Gabriel und Levi keine großen Vorwürfe. Es sind gute Jungs!"

„Nein. Schuld an einem Mord ist immer der Mörder. Ihre Jungs seid schon in Ordnung", sagte Angelos.

„Äh, und Gabriel war wohl etwas abgelenkt ...", sagte Gabriels Chef Cohen.

„... wofür ich aber nichts kann. Er hat aber alles richtig gemacht", antwortete Angelos.

„Ich freue mich, dass Sie es so sehen. Noch zwei Dinge: ich würde Sie und Khaled gerne persönlich kennenlernen. Wenn Sie also einmal Tel Aviv besuchen wollen, dann melden Sie sich!"

„Das wird mit Khaled etwas schwierig. Er ist zwar kein Kronprinz mehr, aber wenn er irgendwo auf Instagram mit einem Bild aus Israel auftaucht, gibt es trotzdem Ärger", entgegnete Angelos.

„Kein Problem. Im ‚Heimlich einreisen' sind wir große Klasse. Noch ein Punkt: Denken Sie daran, dass Gabriel töten kann. Er wäre ein paar Stunden später weg, aber Sie müssen dortbleiben! Er hat die Anweisung zu tun, was Sie ihm sagen!"

„Alles?", fragte Angelos.

Cohen lachte.

„Das macht ihr untereinander aus. Damit Sie es auch wissen: Bevor Blochin der Gegenseite in die Hände fällt, hat Gabriel den Befehl, ihn zu töten!"

Angelos gab Gabriel das Handy zurück.

„Ab jetzt keine Telefonate mehr", sagte Angelos, „Ich möchte jetzt gerne nach Alex schauen. Allein, bitte!"

36

Wenige Stunden vorher

Ich werde noch wahnsinnig. Und mir läuft die Zeit davon. Die Sehstörungen sind auch nicht gerade hilfreich, aber was kann man nach 32 Stunden auf den Beinen schon erwarten. Dazu noch die elende Kälte durch den Wind auf dieser Drecksinsel.

Loukas fuhr in Richtung Hafen.

Ich hasse diese Insel. Zu klein, um sicher vorgehen zu können. Zu wenige Straßen, auf die man ausweichen könnte. Gott sei Dank sind die Kameras lahmgelegt, aber für wie lange?

Loukas fluchte.

Der Mord an Nikakis´ Exmann bereute Loukas nicht. Warum auch? In dieser Branche zählt nur das Ergebnis. Der Weg dorthin ist nicht von Interesse und es sind alle Mittel, einschließlich Mord, erlaubt. Nur: es hatte nichts gebracht. Blochin war es gelungen, das Haus zu verlassen. Wie, verstand Loukas noch immer nicht. Das Hindernis Alex war schnell beseitigt, aber die zehn Sekunden hatten Blochin den nötigen Vorsprung gegeben. Ich habe ihn oben im ersten Stock stehen sehen, dachte Loukas. Er muss auf das Dach sein, aber von da: verschwunden.

Loukas konnte nicht sehen, wohin Blochin verschwunden war. Und die Zeit drängte. Denn er wusste, dass Angelos mittlerweile erkannt hatte, wer welches Spiel spielt. Loukas hatte nur ein paar Minuten, um den Tatort zu verlassen – ohne

Blochin. Flucht war zunächst wichtiger, Blochin würde man schon noch finden.

Und unser Schönling würde erst einmal wie gelähmt sein, angesichts der Leiche seines Ex-Manns. Es würde dauern, bis er den Schock überwinden würde. Das war die Zeitspanne, die Loukas und seinen Helfern zur Verfügung stand, um Blochin zu finden. Danach würde die Hölle losbrechen.

Doch die Suche blieb erfolglos. Obwohl Blochin zu Fuß geflüchtet war und dies sicher nicht entlang der Uferstraße, fanden sie keine Spuren. Blochin besaß keine Ortskenntnis, kein Smartphone. Hinter Ornos haben wir schon alles abgegrast. Mit Infrarot. Ein Fußgänger wäre normalerweise selbst aus größter Entfernung zu sehen. Geschwommen kann er nicht sein, denn Blochin wäre schon in Kalafati fast ertrunken. Loukas lachte auf. Ein SWR-Mann im Offiziersrang, der nicht richtig schwimmen konnte.

Es dämmerte bereits.

„Objekt nordöstlich Hafen. Fußgänger", hörte Loukas über den Ohrstöpsel. Die zehnte Meldung, denn auf dieser Insel sind selbst mitten in der Nacht noch einzelne Fußgänger unterwegs, selbst auf entlegensten Wegen. Die meisten, die sie geortet hatten, waren Betrunkene.

Kein Blochin.

Gut. Versuchen wir es ein elftes Mal. Loukas fuhr vom Hafen Richtung Agios Stefanos. In Kürze würde das Gewimmel auf der Insel losgehen.

Wir müssen ihn finden und dann von der Insel schaffen. Zur Not neutralisieren, denn so lautete die Anweisung.

Sollten wir scheitern, dann Gnade uns Gott.

Moskau würde es bei Toben nicht belassen.

Allerdings wusste Loukas nicht, was schlimmer sein würde.

Das Toben in Moskau oder ein rasender Angelos Nikakis.

Die Zeit.

Sie läuft uns davon.

37

Gabriel und Khaled standen an der Terrassentüre und sahen Angelos an Alex´ Grab knien.

„Wir müssen ihn wieder ins Diesseits zu holen!", sagte Khaled.

„Und das machen wir am besten, indem wir ihn auf die Jagd schicken", antwortete Gabriel.

„Und ihn damit in Gefahr bringen. Was passiert, wenn es brenzlig wird? Eine Sekunde in Trance und er ist tot", gab Khaled zu bedenken.

„Das musst du ausgleichen. Du kannst das. Außerdem haben wir keinen Ansatzpunkt. Die Kameras wurden gehackt, Levi liegt im Krankenhaus und wie sollen wir zu zweit in dem Trubel hier zwei von einander getrennte Personen finden? Die könnten am Strand liegen, wir würden sie nicht finden", sagte Gabriel.

„Ich hatte vorhin einen Gedanken, aber der hat mit Alex zu tun und ich weiß nicht, ob ich Angelos damit belästigen soll!", meinte Khaled.

Er erklärte Gabriel kurz, was er meinte.

„Das klingt plausibel. Sag es ihm!"

Angelos kam zurück zum Haus. Er sah noch immer so aus, als hätte er nicht begriffen, was passiert war.

„Süßer, kann ich mit dir über den ‚Fall Alex‘ sprechen? Denn es ist ein Mordfall und du musst ihn lösen. Nicht wegen Blochin. Sondern, weil du solange keinen Frieden findest!"

„Sagt es mir bei einem Espresso in der Küche", antwortete Angelos.

Als sie alle drei am Tisch saßen, sagte er:
„Also, was habt ihr euch ausgedacht?"
Angelos Gesicht verriet keinerlei Interesse oder Neugier.
Doch Khaled ließ sich nicht beirren. Einen Versuch war es wert.
„Hör zu. Ich glaube nicht, dass Alex in den zehn Minuten, die er allein mit Blochin war, Smalltalk gehalten hat. Er ist, äh, war Kommissar und wusste, was du von ihm erwartest. Er hat bestimmt mit der Möglichkeit zumindest gerechnet, dass etwas passiert. Er muss Blochin einen Fluchtweg gezeigt haben, sonst wäre es dem nicht gelungen, Loukas schnell zu erwischen. Vielleicht hat er ihm ein Versteck gezeigt oder genannt. Das würde auch erklären, warum er die Waffe nicht aus der Schublade holte. Er war schlicht zu beschäftigt mit Blochin. Und die Zeit hat nicht ausgereicht. Noch einmal: glaubst du, die zwei sind auf dem Sofa gesessen?"
Tatsächlich zeigte Angelos´ Gesicht Interesse.
„Alex war Profi. Kein guter Schütze, aber er wusste immer, was zu tun war. Nur: wir könnten ihn fragen, aber antworten wird er uns nicht". sagte Angelos und deutete in die Richtung, in der das Grab lag.
„Er war schlau, also könnte es doch sein, dass er einen Hinweis für dich hinterlassen hat", sagte Khaled.
„Den Hinweis hätte dann auch Loukas gesehen. Er hätte Blochin gefunden und erledigt!"
Nach einer kurzen Pause fügte Angelos hinzu:
„Was mir vollkommen egal ist!"
Aber Khaled blieb hartnäckig.

„Aber dir ist nicht egal, was mit Loukas passiert. Wo Blochin ist, könnte auch Loukas sein. Herrgott, du bist doch sonst so schnell im Kopf!"

„Ich habe meinen Ex-Mann verloren. Den ich immer noch geliebt habe. Nur anders als dich. Du kannst nicht nachempfinden, wie es ist, wenn man einen geliebten Menschen verliert", sagte Angelos.

Khaleds Miene verfinsterte sich.

„Aha. Nicht, dass meine Schwester keine zwanzig Kilometer von hier erschossen wurde. Und ich habe sie vergöttert!"

Angelos schlug die Hände vors Gesicht.

„Oh Gott. Was rede ich. Safiye. Natürlich. Kannst du mir verzeihen? Ich stehe neben mir", sagte Angelos und griff nach Khaleds Hand.

„Schon in Ordnung. Trauere solange du brauchst. Aber verändern darf dich dieses Ereignis nicht. Das darfst du nicht zu lassen", sagte Khaled.

„Das werde ich nicht zulassen", ergänzte er.

„Du hast recht. Sag es mir, wenn ich dich nerve", meinte Angelos.

„Zurück zum Thema: Alex hat den Hinweis, so es ihn überhaupt gibt, sicher nicht auf den Wohnzimmertisch gelegt. Wie gesagt: er war schlau. Außerdem hatte er bestimmt gewusst, dass du ihn selbst nach dem Tod in den Senkel stellst!"

Gabriel lachte kurz.

„Bin ich so schlimm?", fragte Angelos und schaute von Gabriel zu Khaled.

„Das war ein Scherz. Sagen wir es so: du verlangst viel, gibst aber auch viel. Nein, falsch: du gibst alles!"

Angelos lächelte dankbar.

„Also weiter. Khaled meint, dass Alex den Hinweis natürlich irgendwo deponiert hat, wo ihn nur du finden kannst", sagte Gabriel.

„Sehr hypothetisch", meinte Angelos, noch immer nicht überzeugt.

„Haben wir etwas anderes?", fragte Khaled.

Angelos schüttelte mit dem Kopf.

„Gut. Dann denke nach, wo Alex den Hinweis versteckt haben könnte. Hattet ihr einen Lieblings-platz?", fragte Khaled.

Jetzt musste Angelos zum ersten Male lachen. Gott sei Dank, dachte Khaled.

„Er hatte einen Lieblingsplatz, aber da ist kein Hinweis. Ich würde darauf sitzen und das würde ich merken!"

„Doofkopf. Denk nach. Wo könnte ein Zettel sein? Hattet ihr einen Safe? Himmel. Ihr wart eine Einheit. Wie hat Alex getickt?"

Angelos schaute vor sich hin, aber es kam nichts.

„Wo bist du immer als erstes hingegangen, wenn du ins Haus gekommen bist?", fragte Khaled.

„In die Küche. So wie hier auch", sagte Angelos.

„Und dann?", bohrte Khaled nach.

„Und dann? Zur EspreSSOMASCHINE!". antwortete Angelos, mit jedem Buchstaben lauter werdend.

„Aber wo sollte er dort einen Zettel unterbringen? Im Wassertank bestimmt nicht. Im Kapselfach?", sagte Gabriel zweifelnd.

„Nein, nein. Nicht in der Maschine. Im Kapsel-ständer. Dort gehe ich als Erstes hin!", sagte Angelos im Präsens, aber das war Khaled egal. Er nimmt wieder Witterung auf.

„Da wir nichts anderes in der Hand haben, würde ich vorschlagen, Gabriel und ich schauen nach. Du solltest vielleicht …"

„Ich komme mit. Das war Alex´ und mein Zuhause. Loukas wird es nicht schaffen, dass ich mich nicht mehr dorthin traue. Früher oder später muss ich es ohnehin", entgegnete Angelos.

„Musst du nicht. Darum kümmere ich mich", schlug Khaled vor.

„Das ist lieb von dir. Aber vielleicht finde ich noch etwas, was mich an Alex erinnert und mitnehmen kann. Wenn es dir nichts ausmacht …"

„Solange es nicht diese schreckliche Couchgarnitur ist", knurrte Khaled.

Angelos lachte.

„Die war schon da, als ich kam. Ein Streitthema von Anfang an!"

„Also, fahren wir runter!", sagte Gabriel.

38

Zehn Minuten später standen Angelos, Khaled und Gabriel in Alex´ Küche. Khaled hatte den Bestatter gebeten, irgendjemand zu organisieren, der die Blutlache und alle anderen Spuren des Verbrechens beseitigt. Angelos registrierte es und lächelte Khaled dankbar an.

Und Khaled hatte auch recht behalten. Alex hatte tatsächlich eine Nachricht deponiert. Im Kapselfach neben der Espressomaschine steckte ein Zettel.

Der allerdings stand wie ein Fragezeichen im Raum.

„Unser Armenier piepst", stand auf dem Blatt Papier. Die Handschrift war eindeutig von Alex.

„Armenier? Ich wusste gar nicht, dass unser Russe in Wahrheit ein Armenier war", sagte Khaled.

„War er auch nicht. Er ist in Vladimir geboren, wenn ich mich recht erinnere", warf Gabriel ein.

Angelos hielt den Zettel in der Hand und schaute zum Fenster hinaus.

Was willst du mir sagen, Alex?

„Armenier. Er ist gar keiner … Armenier. Arme … …ARMENISTIS. Der Leuchtturm. Alex hat ihn zum Leuchtturm geschickt. Wir hatten einen Schlüssel hier, weil … lassen wir das … Der Leuchtturm. Und der ist wie eine Festung. Die Frage ist nur, ob Blochin es bis dorthin geschafft hat", sagte Angelos.

„Ja. Und außerdem sind seitdem 28 Stunden vergangen", meinte Khaled.

„Gut, aber die anderen wissen auch nicht mehr. Sie haben in diesen 28 Stunden sicher die ganze Insel abgesucht. Wir aber wissen jetzt, wo Blochin ist. Nur: was meinte Alex mit ‚er piepst'?", fragte Gabriel.

„Alex hat ihm einen unserer GPS-Sender verpasst. Worüber ich nicht ganz glücklich bin. Denn, wenn er auf unserem Monitor piepst ...", begann Angelos.

„... piepst es auch bei den anderen", ergänzte Khaled.

„Außerdem gibt es tagsüber hunderte von GPS-Signalen", sagte Gabriel.

„Das konnte Alex nicht ahnen. Denk daran, es war tiefste Nacht. Er rechnete damit, dass wir sofort suchen. Er ahnte, dass etwas passieren könnte, aber sicher nicht, dass ..."

Angelos stockte.

„Nein, das glaube ich nicht. Er hat nichts geahnt. Er wollte nur für alle Fälle vorsorgen, so, wie du es von ihm erwartest hättest", sagte Khaled.

„Er hat bestimmt von mir erwartet, dass ich ihn nicht im Stich lasse!"

Angelos wurde leiser.

„Du hast ihn nicht im Stich gelassen, Herrgott. Hör auf, dir das einzureden. Und jetzt würde ich vorschlagen, wir schauen nach, ob es rund um den Leuchtturm piepst", übernahm Khaled das Ruder.

Die Überwachungsmonitore waren im früheren Haus von Alex und Angelos in der Küche untergebracht. Es war schlicht praktisch, die Monitore dort anzubringen, wo die beiden Kommissare lebten.

„Komm, Angelos. Du kennst dich besser aus", sagte Gabriel.

Angelos schaltete das Panel ein.

Auf den Monitoren für das CCTV, das Kameranetz, war nur ein Störbild zu sehen.

„Sie haben das System gehackt", sagte Gabriel niedergeschlagen.

Doch ein Monitor funktionierte. Das GPS-System war separat geschalten. Aber die ganze Insel war ein einziges Blinken.

„Ok, zoomen und nach Norden", murmelte Angelos vor sich hin.

Je größer der Zoom-Faktor, desto weniger Leuchtpunkte waren zu sehen. Noch weniger wurden es, je nördlicher Angelos scrollte, denn der Nordwesten war oberhalb von Agios Stefanos nur spärlich besiedelt.

„Da. Der Punkt hier müsste Armenistis sein!", sagte Angelos.

„Heißt, er lebt noch", meinte Gabriel.

„Nein. Es heißt nur, dass das Gerät noch ‚lebt'!", gab Khaled zu bedenken.

„Dann müssen wir sofort hin", sagte Gabriel.

„Nein. Der Leuchtturm steht auf einem Plateau. Außer dem verwaisten Wärterhäuschen gibt es dort keine Deckung. Wenn die Russen Blochin haben, müssen sie abgeholt werden. Das geht dort nur per Hubschrauber. Bis der kommt, müssen sie sich verschanzen", sagte Angelos.

„Und knallen uns ab wie die Hasen, verstanden. Aber was willst du dann tun?", fragte Gabriel.

„Keiner von uns wird sein Leben riskieren für Blochin. Er hat schon genug Schaden angerichtet. Auch du, Gabriel, solltest dich einen Dreck um

Tel Aviv scheren. Wir suchen, aber nach unseren Regeln", antwortete Angelos.

„Außerdem suchen wir weniger Blochin als Loukas, richtig?", fragte Khaled.

Angelos lächelte.

„Worauf du Gift nehmen kannst!"

39

Aber wie willst du es schaffen, den Leuchtturm zu checken, ohne dass wir ins Schussfeld geraten? Das wäre die Quadratur des Kreises", sagte Khaled.

„Wir lassen es. Gabriel, sag Tel Aviv, Blochin sei spurlos verschwunden. Wahrscheinlich habe ihn die Russen. Und wir gehen einfach alle nach Hause", schlug Khaled vor.

Die Antwort war ein durchdringender Blick von Angelos.

„Begriffen", sagte Khaled. „Aber du nur mit Weste. Außerdem halte ich es nicht für klug. Du bist voller Hass und definitiv nicht fit!"

„Das müsst ihr dann eben ausgleichen. Wenn ihr mir helfen wollt!"

Natürlich wollten Khaled und Gabriel.

„Ich habe mir folgendes überlegt: wir haben unten eine Mini-Drohne. Wir nähern uns dem Turm nur. Bevor wir in Schussweite kommen, lassen wir die Drohne das Terrain erkunden. Ist das sicher genug?", fragte Angelos.

„Klingt gut", antwortete Gabriel und auch Khaled nickte.

Und sie hatten Glück. Während Angelos einen Tag in Trauer erstarrte, verlief die Suche der Russen und Loukas nach Blochin erfolglos.

Der Mann, den man im Morgengrauen nördlich des Hafens geortet hatte, war ein Bauer, der seinen Hund über die Felder springen ließ.

Und so schloss sich Loukas dem restlichen Team an, das sich mit Panormos beschäftigte und sich von dort Richtung Westen vorarbeitete. Als Grieche und Ortskundiger sondierte er das Gelände vor den anderen, das restliche Russen-Team schaute etwas genauer hin.

Und wenn wir ihn nicht finden?

Loukas seufzte. Unser Vorsprung ist weg. Die anderen könnten sich noch einmal die Chora, die Altstadt vornehmen. Aber wenn Nikakis´ Ex-Mann Blochin ein Versteck genannt hatte, dann finden wir ihn in dem Labyrinth nie.

Und ich darf mich dort überhaupt nicht blicken lassen. Ich sollte schleunigst verschwinden. Aber wie? Hafen zu gefährlich. Flughafen erst recht. Und nur ein Boot, aber das liegt im Südosten. Ich müsste quer über die Insel und den Gefallen tue ich Angelos Nikakis nicht.

Moskau würde nur helfen, wenn das ganze Team einschließlich Blochin um einen Transfer bittet.

Ich bin ihnen egal. Ich bin nur ein Verräter.

Langsam beschlich Loukas das Gefühl, dass er seine Geldgier mit dem Leben bezahlen würde. Und dass ein Tod durch Moskaus Hand gnädiger wäre als dass, was Nikakis mit ihm anstellen würde.

Loukas kam an eine Weggabelung. Nach rechts zeigte ein Schild mit der Aufschrift „Leuchtturm".

40

Der Leuchtturm von Armenistis ist nicht das, was man unter einem klassischen Leuchtturm versteht. Er steht nicht frei, sondern ist auf einem Gebäude, dem früheren Wärterhaus, aufgesetzt. Und „Turm" ist eine maßlose Übertreibung, denn der Stummel ist gerade neunzehn Meter hoch. Aber beim Bau 1891 dachte man pragmatisch. Das Felsplateau, auf dem der Turm errichtet wurde, liegt 180 Meter über dem Meer und so war das Licht weithin sichtbar. Und der Leuchtturm rettete zahllose Leben, denn der gnadenlose Meltemi, der Nordwind, hatte davor Hunderte von Schiffen an den nördlichen Klippen der Inseln zerschellen lassen.

Es war eben jener Meltemi, der so gnadenlos über das Plateau pfiff oder pfeift, dass dort nichts, aber auch gar nichts wuchs, nicht einmal das elendste Gestrüpp.

Angelos lag hinter einem Felsbrocken und schüttelte mit dem Kopf.

„Wie ich gesagt habe: null Deckung."

Sie hatten den Wagen auf einem Weg etwa einen halben Kilometer entfernt abgestellt und sich über das felsige Gelände bis in die Nähe des Leuchtturms durchgeschlagen. Es war mehr als mühsam, denn der Nordosten der Insel ist nichts anderes als ein Windkanal, der nach einem Kurzschluss Amok läuft. Jetzt verstanden Gabriel und Khaled, warum ihnen Angelos Schutzbrillen verordnet hatte. Ohne könnte man nichts erkennen.

„Es bewegt sich nichts", merkte Khaled an.

„Aber es muss jemand da sein. Warum steht sonst der Wagen vor dem Haus", stellte Gabriel fest.

„Wir brauchen die Drohne. Aber bei dem Wind ist es fast unmöglich, das Ding zu steuern", sagte Angelos zweifelnd.

„Da habe ich schon Schlimmeres erlebt. Das ist ein Lüftchen im Vergleich zu den Bergen Kurdistans", sagte Gabriel.

„Du musst aber nahe an die Fenster, damit wir sehen ...", begann Angelos.

„Schon kapiert, Angelos. Was bekomme ich, wenn ich es schaffe?"

„Einen Kuss auf die Backe", sagte Angelos und grinste.

Khaled verdrehte die Augen und murmelte: „Doch ein Teufel, wenn auch ein hübscher!"

Die ersten Meter torkelte die Drohne im Wind wie ein wildgewordener Drache, aber dann hatte Gabriel das Fluggerät im Griff. Es näherte sich dem Wärterhaus.

„Hoffentlich schaut keiner aus dem Fenster. Zumindest können sie nichts hören", sagte Khaled und musste fast schreien, so laut pfiff der Wind. Angelos sah auf das Notebook und wartete auf die ersten Bilder vom Inneren.

Noch bevor er etwas sehen konnte, hörte er etwas. Das Geräusch eines hochtourig fahrenden Wagens, der die direkte Straße von Fanari herkam. Ein schwerer Fehler, dachte Angelos. Der passiert, wenn man keine Ortskenntnis besitzt.

„Würdest du die Herren übernehmen, Gabriel? Ich steuere weiter. Khaled, du schaust auf den Monitor!"

„Mit dem größten Vergnügen", sagte Gabriel. Es würde ein ungleicher Kampf werden. Eine gerade Straße auf einem Plateau, rechts und links von Felsbrocken eingerahmt. Und sie hatten keine Ahnung. Arglos in der Juristensprache, die aber in der Parallelwelt der Geheimdienste nicht gehört wurde.

Gabriel ging hinter dem Felsen in Deckung. Als der SUV nahe genug war, traf das erste Geschoss den Fahrer mitten in der Stirn. Noch bevor der Beifahrer die Situation erfassen konnte, riss ihm ein Projektil den Schädel weg. Hinten stieg noch ein Mann aus und versuchte, davonzulaufen.

Das ist für Levi, du Bastard, dachte Gabriel und traf ihn genau zwischen den Schulterblättern. Er kroch zu den anderen zurück.

„Und, was ist drinnen los?", fragte er.

Sekunden vorher hatten sie einen guten Blick-
winkel erwischt und gesehen, dass im Gebäude
ein Mann an einen Stuhl gefesselt war.

„Ich versuche es noch einmal", sagte Angelos.
Dann sah Khaled es.

Der Mann auf dem Stuhl lebte nicht mehr. Ihm
fehlte ein Teil des Hinterkopfes. Aufgesetzter
Schuss mit großem Kaliber.

„Blochin ist tot", sagte er. „Aber rechts von ihm
hat sich etwas bewegt!"

Loukas.

Und der hatte natürlich die Schüsse gehört.

Nur: wo sollte er hin?

Er war umzingelt und sein Hilfstrupp existierte nicht
mehr. Er hatte bei der Fahrt schon erkannt, dass
dieser Ort eine Mausefalle war.

Das Haus zu verlassen, wäre tödlich, denn es
stand drei zu eins.

Angelos robbte nah rechts.

„Spinnst du?", rief Khaled leise, doch Angelos
kroch weiter, geschützt nur durch kleine
Felsbrocken.

„Er ist verrückt! Loukas wird ihn abschießen", sagte
Gabriel. Khaled erkannte, dass Gabriels Angst so
groß war wie seine eigene. Angelos robbte aber
nicht direkt auf das Haus zu, sondern parallel zur
östlichen Wand.

„Er will hinter das Gebäude", sagte Gabriel.

„Warum? Da kann Loukas nur ins Meer springen.
Wäre eine saubere Lösung", knurrte Khaled.

„Nicht für Angelos – und du weißt warum!",
antwortete Gabriel.

„Aber wir könnten ihm helfen. Wir hauen alles
raus, was wir haben. Dann rennt Loukas instinktiv

aus dem Haus und Angelos hat ihn auf dem Präsentierteller", sagte Gabriel.

Kurz darauf zerbarsten sämtliche Scheiben und riesige Brocken aus der Mauer flogen umher.

Dann hörten Khaled und Gabriel einen Schuss aus einer anderen Waffe. Erschrocken sahen sie zu Angelos, der aber hinter einem niedrigen Felsen lag.

Und dann sahen sie einen erhobenen Daumen. Angelos hatte Loukas erwischt – bevor der sich ins Meer stürzen konnte.

So einfach geht es nicht, dachte Angelos grimmig.

41

Loukas lag auf dem schweren Holztisch im Inneren des verwüsteten Wärterhauses. Blochins Leiche hing noch immer auf dem Stuhl fest.

Angelos hatte Loukas mit Seilen am Tisch festgebunden, die Hände an den Tischbeinen.

Loukas stöhnte. Die Schusswunde am rechten Bein schien zu schmerzen.

„Was habt ihr mit mir vor? Warum habt ihr mich nicht springen lassen?", presste er hervor.

„Sag nicht immer ‚ihr'! Das hier ist nur eine Sache zwischen dir und mir", sagte Angelos leise und lächelte.

Loukas schaute zu Gabriel und sagte:

„Lasst mich nicht allein mit diesem Irren! Gabriel, ich bin ein Kollege!"

„Du bist ein Verräter und Mörder. Und da wir Kollegen sind, weißt du genau, was passiert, wenn man erwischt werden", antwortete Gabriel.

Angelos zog einen Zettel aus der Tasche.

„Khaled, würdest du bitte zur Klinik fahren und dir von Papandreu diese Sachen geben lassen?"

„Und wenn er sie nicht rausrückt?"

„Glaube mir, er wird sie dir geben", sagte Angelos.

Khaled schaute auf die Liste.

Opiatspray.

Adrenalin.

Beim dritten Punkt erschrak Khaled.

Ein Hautraspler.

42

Als Angelos den Hautraspler auf Loukas Brust platzierte, sah man in dessen Augen das blanke Entsetzen.

„Ah. Du weißt also, was das ist. Wahrscheinlich hast du es selbst schon ausprobiert. Ich habe es nur bei einem Toten gesehen", sagte Angelos. „Dem hat man den Penis abgehobelt. Sah nicht schön aus, Loukas. Andererseits: er brauchte ihn eh nicht mehr. Aber selbst der Leiche konnte man den Schmerz noch ansehen. Komisch, denn die meisten Leichen haben ein Lächeln auf dem Gesicht. Hast du das gewusst?"

„DU BIST IRRE. DU BIST POLIZIST! DU DARFST SO ETWAS NICHT", schrie Loukas.

„Ja, eigentlich bin ich Polizist. So wie du eigentlich griechischer Agent bist. Aber eben nur eigentlich. Haben wir ein Verlängerungskabel?"

Es war eine rhetorische Frage, denn es hing eines an der Wand.

„Ich weiß nicht, ob Alex Schmerzen hatte. Aber ich weiß, dass du welche haben wirst. Und dass es nicht schnell gehen wird", sagte Angelos grinsend. Sein Hass auf diesen Mann war grenzenlos. Er hatte Alex getötet. Zwar waren Angelos und Alex kein Paar mehr, aber das spielte keine Rolle. Alex hatte noch immer einen Platz in Angelos´ Herz. Jetzt blieb nur die Erinnerung.

Beinahe hätte es Angelos übermannt, aber dann bekam er sich wieder in den Griff. Diesen Triumph wollte er Loukas nicht gönnen.

„Wenn man neben den Schalter ein Hölzchen steckt, läuft das Ding dann allein?" fragte er.

„STEHT NICHT SO RUM. HIER PASSIERT EIN MORD", schrie Loukas.

„Ja. Sieht so aus, oder, Khaled?", sagte Gabriel lapidar.

„Könnte sein", antwortete Khaled.

„Jede Maschine testet man erst einmal. Einstecken!", befahl Angelos.

Tatsächlich setzte sich das Gerät selbst in Gang. Nicht sehr weit. Es hobelte nur die oberste Schicht ab und das nur auf einer kleinen Fläche. Dann fiel das Gerät auf den Tisch. Loukas aber hatte geschrien wie am Spieß und fiel dann in Ohnmacht.

„Khaled. Bitte das Adrenalin!"

Angelos spritzte es Loukas in eine Armvene.

Sofort kam Loukas wieder zu Bewusstsein.

„Guten Tag, der Herr. Dann können wir mit der Verschönerung ja weitermachen!"

„NEIN. Bitte!", flehte Loukas.

Aber im Gegensatz zu den meisten Folteropfern hatte er nichts anzubieten.

„Bitte erschieß mich einfach!"

„Nein. Das wäre zu einfach", sagte Angelos.

Dann sagte er zu Khaled und Gabriel:

„Gehen wir nach draußen!"

„Bereite dich derweil auf Phase 2 vor", zu Loukas gewandt.

Als die drei vor der zerschossenen Tür standen, sagte Angelos:

„Ich kann es nicht. Ich hatte es mir ausgemalt und wollte es, aber …"

„Foltern können meist nur Menschen, die dies beruflich tun. Menschen wie ich", antwortete Gabriel und klopfte Angelos auf die Schulter.

„Loukas hatte in seinem ganzen Leben noch nie solche Angst. Du hast es an seinen Augen gesehen. Die Angst und die Erwartung können schlimmer sein als das, was dann noch kommt", fuhr Gabriel fort.

„Ich bin froh, dass du es nicht kannst", sagte Khaled.

„Dann lass es mich zu Ende bringen", sagte Gabriel und Angelos nickte. „Du sollst nicht zum Mörder werden. Ich bin es schon!"

Eine Minute später hörte man *einen* Schuss.

„Was machen wir mit den Leichen?", fragte Khaled.

„Macht euch keine Gedanken. Wir haben ein Aufräumteam, die kennen sich aus. Probleme mit der örtlichen Polizei wird es wohl nicht geben", sagte Gabriel lachend. „Wir bringen alle Leichen nach innen und sperren die Türe ab. Oder das, was von der Türe noch übrig ist!"

Angelos umarmte Gabriel, küsste ihn auf die Wange und sagte: „Danke. Für alles. Ich komme morgen zum Flughafen!"

Und Gabriel lächelte.

43

In den folgenden Tagen normalisierte sich die Lage auf Mykonos.
Antonis Migiakis, seines Zeichens Premierminister, beendete seinen Aufenthalt in Angelos´ und Khaleds Haus. In Athen war man überrascht ob des veränderten Aussehens.
„Gesunde Ernährung, Sport und Ruhe vor euch Geiern", lautete Migiakis´ Erklärung.
Das Gerücht einer Schönheitsoperation wies er lachend zurück.
„Ich bin doch kein alternder Showstar. Außerdem geht es mir immer nur um Inhalte!"
Worauf die Journaille in Gelächter ausbrach.

Auf Mykonos war sich Angelos Nikakis klar darüber, dass er den Mord an Andrei Blochin, dem Mann in der Schönheitsklinik, nie würde aufklären können. Gegen den Chefarzt wurde ermittelt wegen Behinderung der Justiz. Einen Haftbefehl beantragte Angelos Nikakis nicht. Allerdings veröffentlichte er eine Pressemeldung, in der zwar der Name nicht genannt wurde, die Stellung „Medizinischer Direktor" sehr wohl. Papandreus Investoren würden ihn schon noch genug bestrafen.

In Irkutsk hatte Oleg Nowgorny einen heftigen Zoff mit seiner Frau.
„Wir sind am Arsch der Welt! Schau auf das Thermometer. Es hat minus 5 Grad und das

im Mai! Und alles nur, weil du versagt hast", brüllte sie.

Der Meinung war auch der Herr im Kreml. Zwar erreichte Nowgorny das Minimalziel – Blochin war tot – aber es war ihm nicht gelungen, Blochin zurückzubringen.

„Minimalziele erreichen genügt meinen Ansprüchen nicht", sagte der Kremlbewohner, natürlich leise und mit einem leichten Grinsen.

„Ich werde Ihnen Gelegenheit geben, Ihre Fähigkeiten auszubauen. In einem großen Wirkungskreis." Mit groß meinte er aber nicht das Themenfeld, sondern die geographische Größe.

Schließlich lag Irkutsk in den unendlichen Weiten Sibiriens.

Gabriel und Levi verließen am folgenden Tag Mykonos. Tel Aviv hatte Personalprobleme, denn die meisten Bewerber vernehmen beim Vorstellungsgespräch mit größtem Erstaunen, dass sie nicht täglich um 17 Uhr das Büro verlassen können und auch freie Wochenenden äußerst selten sind. Man brauchte also die beiden Agenten dringend. Die Welt war gefährlicher geworden.

Levi saß zwar im Rollstuhl, aber nur temporär.

Der Abschied von Gabriel war tränenreich.

Genau das hatte Angelos befürchtet.

„Es tut mir leid, wenn ich die falschen Signale ausgesendet habe. Ich wollte dich nicht verletzen. Aber geliebt zu werden, schmeichelt jedem. Ich mag dich sehr und du hast uns gestern die nötige Deckung gegeben. Ohne dich hätten wir ziemlich blöd dagestanden", sagte Angelos.

„Gern geschehen", sagte Gabriel.

„Darf ich dich wiedersehen?", fragte er.

„Das hängt wohl nicht von mir ab. Ich befürchte, man wird dich gleich zum nächsten Alptraum- einsatz schicken. Aber für den Fall, dass du jemals Urlaub hast, bist du immer willkommen!"

Angelos hatte in der Zwischenzeit seinen Arm um Gabriel gelegt.

„Du riechst nach ..."

„...Pfirsich. Das hat Alex auch immer gesagt", ergänzte Angelos lachend.

Beide standen auf dem Rollfeld, keine fünfzig Meter vom Flugzeug entfernt. Als Bürgermeister durfte Herr Nikakis seinen Bekannten persönlich zum Flieger bringen.

Gabriel druckste herum.

„Darf ich dich zum Abschluss küssen? Ich habe Khaled gefragt und er meinte, das entscheidest du selbst!"

Angelos lächelte. Khaled hatte es ihm erzählt.

„Ja. Sofern du deine Zunge bei dir behältst!"

44

Tel Aviv, eine Woche später

Cohen war hin- und hergerissen. Einerseits wollte er seinen Mitarbeiter Gabriel, 28, in den Senkel stellen, weil die Operation gescheitert war. Aber das war nicht Gabriels Schuld. Es war wie immer: machen Menschen einen Plan, lacht Gott. Cohen hatte noch nie erlebt, dass auch nur irgendetwas nach Plan geschah. Schon gar nicht beim Geheimdienst.

„Ihr wart in Unterzahl. Wir hätten mehr Leute gebraucht!" Beinahe hätte er „Männer" gesagt. Dann wäre Olga, die Gleichstellungsbeauftragte wieder auf der Matte gestanden und hätte ihn mit ihrem grässlichen Hebräisch genervt.

„Aber du weißt selbst, dass ich nicht genügend habe. Insofern ist mir am Wichtigsten, dass du und Levi, dass ihr unversehrt zurück seid!"

„Unversehrt kann man bei Levi nicht sagen. Er hinkt immer noch", entgegnete Gabriel niedergeschlagen.

„Jaja, aber Levi ist zäh und er ist bald wieder der Alte. Zumindest hoffe ich das, sonst muss ich demnächst eine Stellenanzeige aufgeben!"

„Ungefähr so? Riskieren Sie gerne Ihr Leben? Mögen Sie den Thrill, wenn Ihnen Kugeln um die Ohren fliegen? Lieben Sie Elektroschocks? Und all das bei lausiger Bezahlung?", sagte Gabriel vorwitzig.

„Das wäre als Text gar nicht schlecht", entgegnete Cohen mit einem Schmunzeln.

„Wie geht es dir sonst?"

„Ich fühle mich leer. Es war ziemlich anstrengend und ich muss dringend Schlaf nachholen."

Er sieht tatsächlich leer aus, dachte Cohen.

„Es war nicht der Einsatz an sich. Du hast dich verliebt, nicht wahr?"

Gabriel war sprachlos.

„Nun schau nicht so. Natürlich weiß ich es, sonst säße ich ja nicht hier. Außerdem habe ich mit Nikakis telefoniert. Er bedauert, dass das passiert ist, aber er wird seinen Partner nicht verlassen. Er hat dich aber sehr gelobt und gemeint, ohne dich wären sie nicht unverletzt davongekommen! Und er sieht in dir einen echten Freund"

„Ich denke, es hat mich eher noch angespornt, denn mögen tue ich beide, einen davon liebe ich. Jedenfalls haben wir zwei, die uns in Zukunft sicher noch einmal helfen würden", sagte Gabriel. Genau das hatte Angelos Nikakis auch angeboten.

„Nun, vielleicht findest du bald den Passenden", sagte Cohen.

„Den habe ich leider schon gefunden", antwortete Gabriel.

„Es gibt viele schöne Männer auf der Welt und hier in Tel Aviv. Aber natürlich tröstet dich das Ganze im Moment nicht!"

„Wirklich nicht. Aber danke für den Versuch!" Cohen grinste.

„Nun, ich hätte als Therapie in Kürze wieder eine Verwendung für dich, wenn du dich bereitfühlst!" Gabriel nickte. Was blieb ihm auch anderes übrig?

Etwas anderes als observieren, bewachen, schießen und zur Not etwas foltern kann ich ja nicht.

„Was ist es?", fragte er lustlos.

„Du musst einen unserer Botschafter während seines Urlaubs bewachen. Nichts Weltbewegendes!"

„Und wohin geht es?", fragte Gabriel.

Cohen lächelte breit und sagte zunächst nichts. Er tat so, als müsste er nachsehen.

„Ah, da ist es ja. Dajan macht Urlaub – na, was für ein Zufall: auf Mykonos!"

Es war die weltweit schnellste und effektivste Therapie eines depressiven Mannes.

45

Nicht nur der – wirklich nicht kleine – Garten war überfüllt, auch das Haus platzte aus allen Nähten.

Angelos war alles andere als wohl, denn er hasste Menschenmengen, vor allem die damit verbundenen Berührungen, das Händeschütteln, das Schulterklopfen oder im Allgemeinen: die Enge. Er litt nicht unter angeborener Platzangst. Seine Scheu war die Folge seiner Vergewaltigung. Wohl jedes Opfer braucht lange, um Berührungen wieder als normal zu empfinden. Manche bleiben für immer allergisch und es braucht einen

Menschen, dem man vertraut, um zumindest zu einzelnen Personen wieder Körperkontakt aufnehmen zu können.

Aber Angelos hatte eingesehen, dass er eine Trauerfeier für Alex ausrichten musste. Dessen Freunde sollten Gelegenheit bekommen, ihm Lebewohl zu sagen.

Khaled klopfte Angelos auf die Schulter.

„Süßer, komm. Bring es hinter dich. Denk daran, dass du es für Alex tust. Er hat ein paar nette Worte verdient!"

„Nicht nur ein paar. Aber du stehst neben mir!"

„Ist das klug? Immerhin bin ich sein Nachfolger. Vielleicht empfinden es manche als geschmacklos", sagte Khaled.

„Deren Geschmack interessiert mich nicht", knurrte Angelos und zog Khaled mit auf den Balkon. Augenblicklich herrschte Ruhe.

Es dauerte eine halbe Minute, bis Angelos bereit war.

„Die Inschrift auf Alex´ Grab wird lauten: Er war ein guter Mensch. Denn das war er, wie ihr alle bestätigen könnt. Was ich heute bin, habe ich zum großen Teil ihm zu verdanken. Als ich ihn kennenlernte, war ich ein haltloser, verwirrter Mensch, der sich nichts zutraute. Alex hat mich stark gemacht, wiederaufgebaut. Wenn mir damals jemand erzählt hätte, ich würde Bürgermeister dieser Insel werden, hätte ich lauthals losgelacht. Ich weiß, so mancher, der mit mir Händel hatte, wünschte sich, ich wäre es nie geworden!"

Schmunzeln auf den Gesichtern.

„Alex hat mir zugeredet, mich immer unterstützt und oft überredet weiterzumachen, wenn ich alles hinwerfen wollte.

Er war ein guter Mensch. Und deswegen hat er weder mir noch Khaled, jemals vorgehalten, dass wir zusammengefunden haben. Ich weiß, viele glauben, ich hätte ihn wegen Khaled verlassen und nehmen mir es übel. Das können Sie, aber übertragen Sie das Übelnehmen nicht auf Khaled. Alex und Khaled waren Freunde. Allein dies zeigt, was für eine Größe dieser Mensch besaß. Alex hegte keinen Groll gegenüber mir und erst recht nicht gegenüber seinem Nachfolger. Und ich weiß, er wünscht uns nur das Beste.

Ich wünsche mir, ihr alle gäbt Khaled eine faire Chance, zu zeigen, dass auch er ein Mensch mit Charakter ist.

Und er kann mit einer Waffe umgehen – was man von Alex nicht sagen konnte!"

Gelächter.

„Aber er war ein toller Ermittler, der viel dazu beige-tragen hat, dass diese Insel heute sicherer ist und fast alle Fälle geklärt wurden. Und nicht nur einmal hat er mir das Leben gerettet!"

Angelos schluckte.

„Ich kam zehn Minuten zu spät. Und das werde ich mir nie verzeihen! Das Paradoxe ist: ich weiß, dass er es mir längst verziehen hat. Er hätte gesagt: siehst du, wenn man zu langsam ist, hilft auch der SUV nicht!"

Gelächter.

„Ich weiß, es ist verboten, ein Grab auf dem eigenen Grundstück anzulegen. Gerade als Bürgermeister müsste ich mich daranhalten. Aber

Khaled meinte zu Recht: es hätte Alex gefallen, in meiner Nähe zu liegen. Wo immer es gewünscht wird – und möglich ist, werde ich Gräbern auf privatem Grund zustimmen. Wichtig ist nur, dass Ihr Großpapa nicht vier Tage im Sessel sitzen lasst, sonst fängt er zu riechen an!"

Gelächter.

„Alex wartet dort hinten auf euren letzten Besuch. Ich, äh, ..."

Weiter ging es nicht mehr. Khaled brachte Angelos nach drinnen in die Küche. Dort zumindest waren sie allein.

„Das war sehr schön. Und danke", sagte Khaled.

„Für was?", fragte Angelos leise.

„Dass du alle gebeten hast, fair zu mir zu sein. Ehrlich gesagt, habe ich mich vor diesem Tag wahrscheinlich mehr gefürchtet als du", antwortete Khaled.

Dann umarmte er Angelos.

ngelos stand am großen Panorama-Fenster des Schlafzimmers, das keines war, denn der ganze obere Teil der Villa war ohne Zwischenwände.
Er schaut zu Alex´ Grab hin. Und spricht mit ihm, dachte Khaled.
Nach wenigen Minuten dreht er sich um und kroch zu Khaled ins Bett.
„Was hast du Alex erzählt? Also, wenn du es mir sagen willst!"
„Mein Prinz, ich werde dir immer alles sagen und immer alles beantworten, was du fragst", sagte Angelos.
„Ich habe ihm noch einmal gesagt, dass es mir leidtut. Aber ich weiß, dass er sagen würde, dass ich mein Leben weiterleben muss. Und dass er mir alles Glück wünscht. Seine größte Leistung war, seinem Nebenbuhler, seinem Nachfolger, nicht zu grollen, sondern die Größe besaß. ihn nicht nur zu akzeptieren, sondern zu mögen. Und ich glaube, er hat mir seinen Segen gegeben, dich zu heiraten und das möglichst bald. Du brauchst endlich einen vernünftigen Nachnamen!"
Khaled lachte.
Das war jetzt typisch Angelos. Einem ernsten Thema etwas Humor aufzusetzen, um ihm die Schwere zu nehmen, ohne an der Substanz etwas zu ändern.

„Glaube mir, ich hätte lieber länger gewartet, als dass …"

„Das weiß ich doch. Aber es ist nun so. Es macht keinen Sinn etwas zu verschieben, was man gleich erledigen kann, nur um Rücksicht zu nehmen auf jemanden, der nicht mehr existiert. Und ich weiß hundertprozentig, dass Alex es so gewünscht hätte. Ihm war wichtig, dass ich glücklich bin und er hielt dich für den richtigen. Ich wollte, ich hätte ihn glücklicher gemacht", sagte Angelos.

„Die Zeit mit dir war die glücklichste seines Lebens. Das hat er mir einmal gesagt. Und das weißt du ganz genau!"

„Dann bleibt nur die Frage, ob du mich noch heiraten willst", sagte Angelos.

„Natürlich. Ich kann doch nicht in Griechenland mit dem Namen al-Mussawi leben. Wie hört sich das denn an", antwortete Khaled lachend.

„Ist das der einzige Grund?", fragte Angelos grinsend.

„Ich meine es ernst. Du hast die letzten Monate auch die anderen Seiten von mir kennen gelernt. Die nicht so schönen. Ich bin manchmal herrisch, dazu die Alpträume. Ich bin nicht der, für den du mich gehalten hast!"

Khaled drehte sich zu Angelos und sagte:

„Doch. Du bist genauso, wie ich es mir vorgestellt habe. Und ich war jede Minute glücklich, seitdem ich bei dir bin. Deine Schwächen liebe ich am meisten. Und ich bin der Glückliche. Ich meine, dir sind drei Männer verfallen. Dann muss an dir wohl etwas Besonderes sein!"

„Drei Männer?", fragte Angelos.

„Alex hat dich vergöttert. Ich tue es. Und ich vermute, in Tel Aviv sitzt jemand und ist so verzweifelt, wie ich vor ein paar Monaten", antwortete Khaled.

„Oh Gott, Gabriel, ja. Er tut mir leid. Aber was kann ich denn tun? Vielleicht hätte ich aus Mitleid mit ihm schlafen sollen. So wie ich es mit dir …" Khaled gefror das Gesicht.

Angelos prustete los.

„Du solltest dein Gesicht sehen. Das war ein Scherz. Ein bisschen geschmacklos, aber das sind oft die besten", sagte Angelos und küsste Khaled auf die Backe.

„Ich war sehr geduldig mit Gabriel und dir. Ein richtiger Araber wäre vor Eifersucht geplatzt und hätte Gabriel erwürgt", knurrte Khaled.

„Gott sei Dank habe ich einen schwulen Araber bekommen. Herrgott. Der Kerl hat gelitten und war glücklich über jede Berührung von mir", sagte Angelos.

„Und das Anhimmeln hat dir sehr gefallen", murmelte Khaled leise.

„Natürlich. Ich brauche es und du weißt warum. Aber ich will niemanden vor den Kopf stoßen. Was vergebe ich mir, wenn ich ein bisschen flirte und sich ein anderer Mensch besser fühlt? Mehr würde ich nie machen. Habe ich auch nie. Außer bei dir. Aber nur, weil ich mich in dich verliebt hatte. Möchtest du, dass ich Gabriel sage, er hat keinerlei Chance? Natürlich hat er keine, aber muss man das sagen?"

„Nein. Du hast recht. Ruf ihn ab und zu an oder schreib ihm eine SMS. Mich hat es immer glücklich gemacht, wenn eine Nachricht von dir kam."

Angelos lächelte.

„Das ist mein Khaled. Du erinnerst dich daran, wie es dir ging. Du bist …"

„ … ein guter Mensch. Damit hast du vollkommen recht", ergänzte Khaled.

Angelos lachte.

„Du redest schon so wie ich", sagte er und fügte hinzu:

„Ich dachte, vielleicht freut sich Gabriel, wenn wir ihn als Trauzeuge nehmen? Oder wäre das eher grausam? Natürlich nur, wenn du einverstanden bist. Und ich meine wirklich einverstanden!"

„Gabriel wäre ideal. Dich liebt er, mich mag er zumindest. Das kann man nicht von allen Trauzeugen sagen. Ich denke, er freut sich über die Geste. Es zeigt, dass du ihr wichtig ist!"

„Wir brauchen noch einen zweiten", sagte Angelos und begann zu lachen.

„Was ist?", fragte Khaled.

„Ich dachte gerade, wie es wäre, wenn wir Migiakis fragen würden!"

„Den Premierminister? Du machst einen Scherz. Dann könnten wir auch meinen Bruder fragen", meinte Khaled und prustete los.

„Ein regierender Emir als Trauzeuge seines schwulen Bruders. Wir sollten ihn fragen, nur um seine Reaktion zu testen", sagte Angelos.

„Darauf verzichte ich. Aber die Schlagzeile wäre toll: ‚Emir Trauzeuge bei Emirs Hochzeit'!", antwortete Khaled.

Angelos streichelte Khaleds Brust.

„Sollten wir nicht für die Hochzeitsnacht ein wenig üben?", fragte Angelos mit unschuldigem Blick.
„Geht das schon? Du musst nicht, wenn … ok, ich sehe, der Herr Bürgermeister will!"
„Und wie der Herr Bürgermeister will!"

Der Neue
erscheint am
01. April

Der

BOTSCHAFTER

Mykonos Crime 17

Kommissar Angelos Nikakis und sein Partner Khaled retten ein Kind vor dem Ertrinken. Es ist zufällig der Sohn des israelischen Botschafters. Aus Dankbarkeit wird der Botschafter der Trauzeuge von Angelos und Khaled. Einen Tag später zerreißt eine Bombe dessen Wagen. Was zunächst nach einem Terrorakt aussieht, entpuppt sich als ein Geflecht aus Kunstdiebstahl, Verschwörung und Mord. Und Kommissar Nikakis muss tief in der Vergangenheit wühlen.

Paul Katsitis – Spione 16

Ein russischer Überläufer soll über Mykonos in den Westen geschleust werden. Auf der Kykladen-Insel soll er sich in einer der zahlreichen Schönheitskliniken einer gesichtsverändernden Operation unterziehen. Kommissar Angelos Nikakis soll den Agenten während des Aufenthaltes schützen. Kein größeres Problem, denkt er. Bis plötzlich drei Geheimdienste auf der Insel am Werke sind. Und sich letztlich Angelos´ Leben für immer verändert.

Paul Katsitis – Khaled 15

Eine Explosion auf Delos töten einen Archäologen. Das erste Rätsel für Kommissar und Bürgermeister Angelos Nikakis. Das zweite Rätsel hingegen – wen er denn nun liebt – löst sich: er trennt sich von Alex und zieht zu Kronprinz Khaled. Doch zwei Tage später wird dieser von einem Attentäter niedergeschossen

Paul Katsitis – Trauma 14

Chefermittler und Bürgermeister Angelos Nikakis glaubt es zunächst nicht: auf der trockenen Insel Mykonos soll ein Golfplatz errichtet werden. Als Nikakis den Investor trifft, glaubt er ihn zu kennen. Bevor er sich erinnert, ereignen sich zwei Morde. Angelos´ Ehemann Alex findet währenddessen heraus, woher Angelos den Investor kennt.
Bald geschieht ein dritter Mord. Und der Täter ist Alex.

Paul Katsitis – Royals 13

Zehn Seemeilen entfernt von Mykonos wird ein großes Gasfeld entdeckt. Bürgermeister und Kommissar Angelos Nikakis greift zu allen (auch illegalen) Tricks, um Bohrtürme in der Ägäis zu verhindern.

Als dann eine Prinzessin des Emirats Katar während eines Besuchs auf Mykonos entführt wird, scheint es zunächst nicht so, als würde ein Zusammenhang bestehen. Wenige Tage später ist die Prinzessin tot – und Angelos Nikakis sitzt im Gefängnis.

Paul Katsitis – Der Putsch 12

1967 putscht in Griechenland das Militär. Hellas und auch Mykonos ächzen unter der Diktatur. 52 Jahre später gibt es wieder einen Regierungswechsel in Athen. Doch die Ereignisse von damals werfen ihre späten Schatten. Ein Flugzeugabsturz und Kommissar Angelos Nikakis sorgen dafür, dass es zu einem politischen Erdbeben kommt.

Paul Katsitis – Glut 11

Der Alptraum aller Chora-Bewohner wird wahr. Ein Großbrand wütet in den engen Gassen der Stadt. Eine knifflige Aufgabe nicht nur für die Feuerwehr, sondern auch für Kommissar und Bürgermeister Angelos Nikakis. Denn in einem Haus findet man eine Leiche. Ein Brandopfer, denken viele. Doch sie wurde erschossen. Drei weitere Morde und der Wiederaufbau lassen Angelos kaum Zeit Luft zu holen.

Paul Katsitis – Abseits 10

Im Stadion von Mykonos wird die Leiche eines Mannes gefunden. Da der Mann Fan von Olympiakos Piräus war, geraten alle Anhänger des Konkurrenzvereins Panathinaikos Athen in Verdacht. Die Indizien lassen zunächst keine andere These zu und der Hass zwischen beiden Lagern ist tatsächlich so groß, dass auch ein Mord im Bereich des Möglichen liegt.
Doch als Kommissar Angelos Nikakis in die Welt der Spielerscouts eintaucht, stellt er fest, dass es um ganz andere Dinge ging: um Menschenhandel, Pädophilie und natürlich eine Menge Geld!

Paul Katsitis – Sturm über Mykonos 9

Paul Katsitis – Die Maske 8

Nach einem Banküberfall erschießt Alex einen der Räuber auf der Flucht. Da er ihn ohne Vorwarnung in den Rücken geschossen hat, steht er bald unter Anklage.
Im Schatten des Prozesses gelingt es einem neuen, besonders brutalen Drogenhändler, genannt „Máská",
sein Netzwerk auszubauen. Und er zögert auch nicht, als sich ihm die Gelegenheit bietet, Kommissar a.D. Angelos Nikakis aus dem Weg zu räumen.

Paul Katsitis – Hass 7

Es ist ein besonderer Fall für die beiden Ermittler Alex und Angelos Nikakis. Die Leiche eines jungen Mannes wird in den Dünen gefunden. Am und im Körper des Toten findet sich die DNA von Angelos. Er wird verhaftet.

Paul Katsitis – Skalpell 6

Am Strand von Ornos wird eine Frauenleiche gefunden. Es ist die Tochter des Bürgermeisters. Der Leiche fehlen Nieren und Leber.
Doch es geht bei der Mordserie nicht nur um Organe, wie die beiden Ermittler Alexandros und Angelos Nikakis bald feststellen. Es existiert ein komplexes Netzwerk, das verschiedene kriminelle Felder abdeckt, und so mancher Inselbewohner ist darin verstrickt.

Paul Katsitis – Inzest 5

Ein Bräutigam, der sich am Tag der Hochzeit vom Balkon stürzt und eine Mädchenleiche in einer Wagenpresse. Zwei Fälle für die beiden Ex-Kommissare Alex und Angelos Nikakis Zwei Fälle, die sich nach und nach aufeinander zu bewegen.

Paul Katsitis – Der-Drei-Sterne-Mord 4

Im besten Restaurant der Insel wird der Chefkoch, ehemals Leibkoch Gaddafis, mit durchschnittener Kehle aufgefunden. Ein schwieriger Fall für Alex und Angelos, zumal die eigene Familie mit beteiligt ist. Der Fall erfährt eine erstaunliche

Wendung, als die beiden Ermittler erfahren, dass der britische Außenminister Mykonos besucht – auf dem Landsitz des griechischen Premierministers.

Paul Katsitis – Rache 2

Im Kloster Ano Mera auf Mykonos wird ein Priester tot aufgefunden, dessen Leiche übel zugerichtet ist. Es sieht nach einem Rachemord aus – doch wofür?

Paul Katsitis – Die Bestie von Mykonos 1

Zwei Kriminalbeamte, Alexandros und Angelos, quittieren den Dienst und eröffnen gemeinsam auf Mykonos eine Bar. Nebenher betreiben sie eine kleine Privat-Detektei. Da die Polizei chronisch unterbesetzt ist, werden Alex und Angelos – wegen ihrer Erfahrung - regelmäßig hinzugezogen.
Mykonos ist in Aufruhr. Offensichtlich foltert, vergewaltigt und tötet ein Mann junge Touristen. Um ihn zu stellen, bleibt nichts anderes übrig, als dass Angelos den Lockvogel spielt – mit furchtbaren Konsequenzen ...

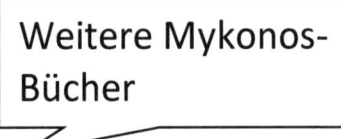

Weitere Mykonos-
Bücher

MYKONOS LOVE STORY
Von Michael Markaris

„Die Mykonos Love Story 1-11" von Michael Markaris.
Kommissar Pandis hat mit 53 sein Coming-Out und verliebt sich in den 29-jährigen Angelos

Bisher erschienen:
Mykonos Love Story 1
Mykonos Love Story 2 – Das goldene Ei
Mykonos Love Story 3 – Morgenröte über Mykonos
Mykonos Love Story 4 - Mykonos Speed
Mykonos Love Story 5 – Rape-Vergewaltigung
Mykonos Love Story 6 – Der rosa Leopard
Mykonos Love Story 7 – Rückkehr der Leoparden
Mykonos Love Story 8 – Crash!
Mykonos Love Story 9 – Der tote Pelikan
Mykonos Love Story 10 – Photia-Feuer
Mykonos Love Story 11 – Der tote Archäologe

HINWEISE

In den Medien ist im Zusammenhang mit russischen Geheimdiensttätigkeiten immer wieder zu hören, „der FSB wäre verantwortlich". Das ist schwer möglich, denn der FSB ist der INLANDSgeheimdienst. Der Auslandsdienst ist der wenig bekanntere SWR. Alle spektakulären Fälle der letzten Jahre lagen im Verantwortungsbereich des SWR.

„Mossad" ist das hebräische Wort für „Institut". Der reguläre Titel lautet „Institut für Aufklärung und besondere Aufgaben", meist wird er nur als „Dienst" oder „Institut" bezeichnet.
Nach Schätzungen ist der Mossad der zweitgrößte Geheimdienst der Welt (hinter der CIA).
Sein Chef heißt tatsächlich Yossi Cohen (seit 2015). Im Gegensatz zu früher ist es kein Staatsgeheimnis mehr. Die im Buch geführten Gespräche sind rein fiktiv. Der Name sollte die Passage nur realer wirken lassen.

Der Mossad residierte früher nahe des heutigen Sheraton, jetzt in einem Komplex am Autobahnkreuz Gillot, nördlich von Tel Aviv.

Die Insel Dragonisi ist bis heute unbewohnt. Ihre Höhlen sind spektakulär. Leider ist es nur im Rahmen von Segeltouren möglich, sie zu besichtigen. Aber man gibt Geld für Dümmeres aus … es lohnt sich!

EYP ist der griechische Geheimdienst.
ERT ist das griechische Staatsfernsehen.